U0444098

Ein fliehendes Pferd   Martin Walser

惊马奔逃

〔德〕马丁·瓦尔泽 著   郑华汉 李柳明 朱刘华 译

人民文学出版社
PEOPLE'S LITERATURE PUBLISHING HOUSE

著作权合同登记号　图字 01-2018-1558

Martin Walser
Ein fliehendes Pferd

Ein fliehendes Pferd © Suhrkamp Verlag Frankfurt am Main 1978
Meßmers Gedanken © Suhrkamp Verlag Frankfurt am Main 1985
This edition arranged through HERCULES Business & Culture Development GmbH, Germany
Simplified Chinese translation copyright © 2018
by Shanghai 99 Culture Consulting Co., Ltd.
All rights reserved.

图书在版编目(CIP)数据

惊马奔逃/(德)马丁·瓦尔泽著;郑华汉,李柳明,朱刘华译.—北京:人民文学出版社,2018
（中经典精选）
ISBN 978-7-02-014133-3

Ⅰ.①惊… Ⅱ.①马… ②郑… ③李… ④朱… Ⅲ.①中篇小说-小说集-德国-现代 Ⅳ.①I516.45

中国版本图书馆CIP数据核字(2018)第077399号

总 策 划	黄育海
责任编辑	卜艳冰　欧雪勤
封面设计	汪佳诗

出版发行	人民文学出版社
社　　址	北京市朝内大街166号
邮政编码	100705
网　　址	http://www.rw-cn.com
印　　制	上海盛通时代印刷有限公司
经　　销	全国新华书店等
开　　本	890毫米×1240毫米　1/32
印　　张	5.875
字　　数	101千字
版　　次	2018年8月北京第1版
印　　次	2018年8月第1次印刷
书　　号	978-7-02-014133-3
定　　价	39.00元

如有印装质量问题,请与本社图书销售中心调换。电话:010-65233595

中经典
精选

Novella

致中国读者

马丁·瓦尔泽

所有的读者是一个集体。我们这些读者不满足于世界本来的样子,因此我们读书和写作。我凭经验得知:读书是写作的另外一种方式。谁读一本书,他就是在为自己写这本书。书所提供的东西,并不比音乐提供给演奏者的乐谱更多。而只有通过演奏者,音乐才成其为音乐。

幸亏有各种彼此并不同源的语言。人们由此可以看到,用语言所表达的东西,要比语言本身更加具有共性。这就是说:人们互相之间要比他们的语言更加接近。什么东西是甜的或者苦的,轻的或者重的,这是一种我们共有的经验,即使词汇在不同的语言中没有显露出这种共性。我们相互之间的理解要比我们的语言所允许的猜想更好。但是,我们需要翻译家。我尤其感谢他们。

目　录

001 | 惊马奔逃
119 | 梅斯默的想法
172 | 瓦尔泽与他的小说《惊马奔逃》

惊马奔逃

有时，人们读到一些中篇小说，书中某些人物的生活观点全然相左。此类小说乐于以其中一人说服他人而结尾。于是，观点无需阐明，而读者对于他人被说服的这一历史结果，却获得了丰富的了解。这些文稿不进行这方面的说教，我把此视为一项成功。

——克尔恺郭尔[①]：《非此即彼》

一

突然，萨比勒从散步的人流中挤出来，朝一张空桌走去。赫尔穆特觉得，这家咖啡馆的椅子太小，他坐不下，但萨比勒已经坐下。他还从未坐过第一排的位子。紧挨着两边来往的人流，什么也看不见。他倒想坐得离墙壁尽可能近些。奥托也已蹲下，趴在萨比勒的脚边。它还在仰望赫尔穆特，似乎想说，只要赫尔穆特还没坐定，它随时准备挪窝儿。可萨比勒已经要了咖啡，把一条腿绕到另一条腿上，脸上流露出专门做给赫尔穆特看的愉快表情，注视着湖滨大道上懒散杂乱的人群。他也再次把目光移向那些擦肩而过的散步的人。虽所见不多，但仍

[①] 索伦·克尔恺郭尔（1813—1855），丹麦著名宗教哲学家。

感太杂乱。对那些袒胸露臂、衣着色彩鲜亮、皮肤被阳光晒成褐色的人，他感到有一种极其强烈的渴望。看起来，这里的人远比自己家乡斯图加特的人要漂亮得多。但他倒不觉得自己变漂亮了。他反而觉得，倘若自己穿上浅色裤子，那样子一定非常可笑。倘若他不穿夹克衫，那人们在他身上看到的，也许就只是个大肚子。八天之后，他对此也许会毫不介意；可在度假的第三天头上，就像晒得发红的皮肤仍让他关切一样，他还做不到那样超脱。八天之后，萨比勒和他的皮肤也许会晒成褐色。到目前为止，阳光在萨比勒身上只是引起皮肤上每个褶皱和每个疤痕的肿胀。尤其是现在，萨比勒愉快地注视着散步的人们，他的样子显得格外滑稽可笑。赫尔穆特把一只手放在萨比勒的小臂上。他们为什么一定要在这里端详那些由手臂、腿和胸脯所组成的人群呢？待在度假公寓里该多好，那儿，也不会像在这条既多石又无树木的湖滨大道上这样炎热。这儿，有一半的人怀着浓厚的猎奇心理，从你身旁走过；很快，众目睽睽就酿成了灾祸。所有从这里走过的人都年轻了。现在，要是待在公寓的笔直的栅栏后面该多么好啊。他们来这里三天了，而三个晚上他都不得不跟着萨比勒进城。每次都要到这条湖滨大道来。她觉得观察人们很有趣。这倒也是，不过只是他无法忍受而已。他本打算阅读克尔恺郭尔的日记。他带来了克尔恺郭尔的全部五卷日记。瞧着吧,萨比勒,要是他只读完四卷,那就有你倒霉的了。他根本不了解,克尔恺郭尔在自己的日记里记载了些什么。真是难以想象,克尔恺郭尔居然在日记里记载了一些个人的事。他渴望着进一步了解克尔恺郭尔。也许,只是为了使自己能够有所失望,他才产生如此渴望。这种在阅读克尔恺郭尔日记中产生的每日数小时的失望,如同度假中的下雨天气一样,被他视作一种享受。假如像他所担心的那样,这些日记不允许人们了解(其实他倒更希望真的是那样),那他进一步了解这个人的渴望会变得更大。一本日记不可能不记载个人的事情,不可能没有吸引人的地方。他必须告诉萨比勒,从明天起,晚上的时光,他将只待在度假公寓里。他简直气得要发抖。他坐在这儿的小椅子上,傻呆呆地注视着人们,而他要是留在度假公寓里……

他不想把克尔恺郭尔的日记带到湖边来读。十五岁时,他曾干过这号事。他曾躺着把查拉图斯特拉[1]的书放在肚子上阅读。他甚至还附庸风雅,读过《查拉图斯特拉如是说》[2]的法译本。

---

[1] 古代波斯拜火教创始人。
[2] 《查拉图斯特拉如是说》是德国哲学家尼采的一部里程碑式的作品,几乎包括了尼采的全部思想。

此时，萨比勒欣赏过路人的快慰在脸上化作了一丝微笑。这微笑便一直挂在她脸上。萨比勒的微笑使他感到很不自在。他抚摸着她的上臂。也许该相互说说话。一对日趋衰老的夫妻，坐在咖啡馆的椅子上，相对无语，注视着朝气蓬勃的散步者，这幅景象够滑稽可笑的了，或者够令人沮丧的了。尤其当妻子的脸上正呈现出那丝早已逝去的微笑时，就更是如此。赫尔穆特不愿让周围的人讨论萨比勒和自己，尽管这些议论是对的。周围的人对他和萨比勒有什么想法，这倒无所谓，他们想的也可能是错误的。一旦他增强了他们那些错误的想法，他便感到欢欣愉快。隐瞒自己的真相，是他最喜欢的做法。在斯图加特，他必须承受由于邻里和学校里的同事及学生对自己了解增加所造成的压力。他的绰号"啄米鸡"一直跟随着他。这表明，人们已经准确地了解、看穿和抓住了他性格中的特征。每当证明学校或邻里对他了如指掌，熟悉他从未承认过的性格特点时，他都想逃开，远走高飞，一走了之。他们利用对他的了解，而了解得是否对，他却从来未置可否。为了对付他，使他屈服和就范，他们利用自己对他的了解。他们善于同他打交道。他们越是善于同他打交道，他就越是渴望重新不被认识、了解。如果有人对他一无所知，这一切尚属可能。可惜他并非始终这样清楚地了解这点。所以，他没有阻止过那些对自己的了解。现在，他就剩下逃避这一条退路。为此，他每年去度一两次假期。度假时，他试验采用表面上适合自己的面孔和举止方式，而将自己真实的性格特点避开世人的耳目，置于安全之处。使人无法了解、认识自己，成了他的梦想。他花费了很大精力，免使细长、尖削、四面都非常陡峭的山崖城堡成为持续的意识的象征。一座超越诺依施万施泰因王宫①的宫殿深深地印在他的想象之中。森林，他老是看见森林。他看到自己在森林中急行。他坐着纹丝未动，却感到自己在急速走动，越来越进入森林深处。谢天谢地，森林无边无际。无边无际的森林是多么完美。

是啊，他曾经想过当教师吗？现在有什么人想当教师吗？在这种不被认识、了解的渴望中，流露出想变年轻一些的愿望了吗？走上自己最初的岗位后，他在学生办的校刊上发表了一篇短文。他至今还背得出来。当短文的字句重新映现在眼前时，他不由得哑然失笑，仿佛听到了一则伤害自己礼貌观念的笑话：

教师的热情

这是一种受到制约的感情，教师并没有完美地掌握它，却在竭力表现它。学生从另一方面更好地了解了这种感情。

---

① 诺依施万施泰因（Neuschwanstein）是"新天鹅堡"的音译，该城堡建于十九世纪，位于德国南部巴伐利亚州阿尔卑斯山的悬崖上。

当他们在倾听教师的顽强演说时，他们在不知不觉中便学到了什么。学生们将终生牢记教师的可笑之处，并将怀着更大的虔诚来回忆。教师对逝去时光的回忆愈深沉，学生们就愈是肃然起敬。

他的笑意也许出于自己所持的疑虑，因为他不便讲这类事情。

在齐恩家房前下车，是件令人愉快的事。十一年来，他们每年都有四周时间住在这幢房子的度假公寓里，在这里可以感受到，如何自创自演角色。

他在齐恩夫人面前的举止，早在十一年前他刚来到这里时就定型了，并且自此之后一直被视为楷模。在她眼里，他性情开朗、健谈、需要休养、喜爱鲜花和动物，是位特别喜欢孩子、心地善良的先生……

齐恩夫人盼望他所扮演的这个度假角色，并非由他杜撰而生。他只是根据自己的感受，按照齐恩夫人的喜好，举手投足罢了。此时完成的角色，并不使他多么愉快。自然，在他和萨比勒出现时，齐恩夫人脸上所露出的笑容与她本人毫无关系。其实这样更好。十一年中，她丈夫从未同他进行过稍长一点时间的交谈，同萨比勒倒是谈过。他和这位齐恩博士互不了解，形同路人。他曾对萨比勒说过，自己对这位齐恩博士，比对其他所有人更有好感。他们俩不是有许多地方都相似吗？胖乎乎的脊背、圆滚滚的肚子、身体笨重。齐恩一家待人彬彬有礼。从这种稍微有点过分客气的礼貌中，赫尔穆特感觉到令自己最为惬意的疏远形式。他不想知道，齐恩博士是什么博士，为什么齐恩一家在湖边漂亮的房子里还一直出租度假公寓。他不想知道这些，正如齐恩一家不想了解他们家一样，以及为什么十一年里，他们一次也没有想到另选一个度假地。在这种度假关系中，最美好之处是相互的熟悉每年在增长，但相互间并不因此而亲近。他们始终没有越出这种共同基础一步。十一年前，不论是齐恩博士，还是他们，都有一条小西班牙狗；现在，不论是齐恩博士，还是他们，都有一条老西班牙狗。尽管如此，他仍想不出，还有比齐恩先生和齐恩夫人更加熟悉的人了。当然，他对他们的四个女儿，就像对其他人一样，也是敬而远之。啊，现在，他只想回到郊外齐恩夫妇的度假公寓去！

萨比勒说：你不要烦躁不安。她说这话时，并没有看他一眼。此时，她脸上的表情也许倒会让远处观察她的人以为，她在对丈夫讲：同你坐在这里，太美了！他说道：烦躁不安？你怎么居然想到说这种话？她说道：你饿了吗？饿了，他以一种认真的充满浪漫色彩的语调说道。她问道：我们该走了吧？他说，回住地。她说，不，去吃饭。他问，你饿了吗？她说，午饭后，我们不该吃那么多糕点。他说，糕点可都是你烘烤的。这我知道，她自知有过地说。你要是没把糕点做得那么可口该多好，他瓮声瓮气地说。他心想，反正是没法挽救了。他想着，救人。救他。他不知道自己为什么想到了这点。也许，萨比勒能享受观察人的乐趣，但他不相信这点。倘若那样，她肯定要和自己完全不同，但她并非这样。他们相互影响，现在，他们变得极为相像。你看一下她的微笑吧。也许你没觉察到，此刻，在你自己脸上也正露出完全同样的圆滑的淡淡的微笑。看到你们的人，都会把你们当成双胞胎。这时，萨比勒说道：我以为，我们俩都有一副西班牙狗的面孔。往常她说出口的，正是他想着要回答的话。可眼下，这话使他生气。住嘴，他想着并且立刻感到非常害臊，因为自己思想里竟如此粗野地对待萨比勒。别这么斗气了，萨比勒说着并且把自己的手放到他的手上。他却把自己的手从萨比勒的手下抽走，抚摸着奥托并说道：你该受罚，谁叫你说，我们俩都像奥托来着，只有你像它，我根本不像。你这个分裂主义者，她说。你认为这里好吗？他问。我能永远观察人，她说。我可不行，他说。可惜，她说。我现在走了，他怒气冲冲地说。再待一分钟，她说。那好吧，他边说边看着手表。

二

突然,一个年轻健美的男子站在了桌前。他身着蓝色牛仔裤,腰间系着一根未染色的皮带,皮带上烙着许多花纹,皮带上方的天蓝色衬衫敞开着。他身旁站着一个姑娘。牛仔裤的前门襟线缝把她分成了色彩深浅明显不同的两部分。不管往哪里看,她身上到处都显露着丰满和柔和;而他肌肉结实,没有多余的脂肪,浑身上下透着阳刚之气。在他深褐色的胸脯上,只有一小簇金黄色的胸毛,但他头上却是又长又密的金黄色头发。赫尔穆特心想,也许是个过去的学生。昔日的男女学生向自己打招呼的事,还时有发生。有些学生,他们过去无所不为,使你简直无法忍受学校的工作。倒是这样的学生经常爱打招呼。他们曾残酷地折磨过你,现在却突然站到你面前,微笑着,伸出手来,向你介绍一位温文尔雅的妻子或者一位楚楚动人的姑娘;也许还向你介绍一些幸福地唧唧喳喳叫嚷着的孩子,而他们正用黏糊糊的手指摸着你;然后,他们凑近你的耳朵自报家门,表示悔恨之情,并且竭力陈说,随着时间的推移,他们才认清,你是如何如何的一位班主任……听到原先折磨过自己的人的这番宏论,只能使自己感到厌烦和恶心。他们言不绝耳，而他却低头不语，直瞅着他们的脚趾尖。在学校时，他就爱这样做，因此才得了个"啄米鸡"的美名。也许，当姑娘们穿上自己那毫无顾忌的衬衣和裤子时，她们的头和身体才会有他这种姿势。有一次，他假装突然感到体力不支，伸手去摸了人家一把，幸好被摸的人把那看作是失手。

不，眼前这个人身着蓝色衣服，满头金发，眼睛明亮，牙齿洁白，赤着双脚并且脚趾整齐、无损，他不是学生，这是克劳斯·布赫。克劳斯·布赫不相信，自己小学时的同学、青年时代的朋友和大学的同窗，竟会认不出自己。赫尔穆特只好不住地道歉。他说，职业耗尽了自己记忆面孔和名字的能力。他要记住的面孔和名字实在太多了。克劳斯·布赫——他继续编造着什么——自然，现在听着名字和看着面孔，唤起了自己对熟悉事物的记忆。这是萨比勒，赫尔穆特之妻。这是海伦妮，人称海尔，克劳斯之妻。握住这位海尔的手，他发觉，此刻克劳斯正期待着自己的恭维。这个女人如同一件奖品。现在，赫尔穆特至少该向从前的朋友克劳斯说上一句：他，赫尔穆特，感到多么惊异，因为克劳斯看起来倒更像是自己的学生。此刻，尽管他渐渐地不得不承认，自己曾有个叫克劳斯的朋友，并且长得同他面前站着的这个男青年一模一样，但他仍无法将眼前站着的这个人，同自己记忆中慢慢浮现出的克劳斯·布赫联系起来，因为自己熟悉的克劳斯·布赫，现在也该有四十六岁了，而眼前站着的这个人，倒不如说才只有二十六岁。更何况还有这样一个姑娘。主要还是因为他带的姑娘使自己不敢相认。所有这一切，赫尔穆特并未说出口来。他心想，我没说一句客套话，你会感到惊奇。他瞅着他们俩的脚趾尖。他们的脚趾惬意地并排站着。他们俩在讲话。他们边讲边坐下。坐下后仍在继续讲话。赫尔穆特心里还惦记着克尔恺郭尔的日记。萨比勒对海尔和克劳斯的发问做出必要的回答。赫尔穆特点着头。突然，克劳斯·布赫尖叫一声，吓得跳起身来，在空中不住地抖动着一只手，仿佛他的这只手被烧了或被子弹击穿了似的。赫尔穆特和萨比勒茫然无措。幸好海伦妮·布赫莞尔一笑。克劳斯·布赫恢复常态后，才小心翼翼地看着桌下，他问，这是你们的狗吗？萨比勒说，这条狗可还从未咬过人。海尔解释道：他特别讨厌狗，连狗稍微碰一下都受不了。现在惊吓过去了。萨比勒说道：奥托，坐下！她一再向克劳斯表示歉意，保证自己将看管好奥托。

萨比勒说，你瞧，三年来，他们一直来这儿度假。就住在毛拉赫，离我们还不到一公里远，而他们，萨比勒和赫尔穆特，就住在同一方向，已经十一年了。海尔和克劳斯，他们厌倦了地中海。可真有意思，三年来，他们两家度假的地点毗连，相互却从未见过面。赫尔穆特，要是这还不算有趣的话，那什么叫有趣呢。哎呀，赫尔穆特，你怎么看？有趣，他也认为这很有趣。海尔和克劳斯喜爱扬帆驶船，萨比勒和赫尔穆特却宁愿懒散地躺在湖边和随处闲坐。这番话听起来，就好像她在向克劳斯·布赫抱怨赫尔穆特。赫尔穆特点着头。他知道，萨比勒并非真的抱怨。这也许是对克劳斯·布赫的一种恭维。克劳斯对这次相见格外高兴，这也使萨比勒很激动。他重见她丈夫时的愉快，显然使她感到欣慰。她怀着一种幸福感注视着克劳斯·布赫，仿佛很久以来，她就在期待着他，而现在正急切地想知道他说的每一句话。这个克劳斯·布赫谈起自己青年时代的朋友赫尔穆特，如醉如痴，滔滔不绝。什么十四岁就读了《查拉图斯特拉如是说》啦，什么胜过他们所有的人啦，什么戴着耶稣荆冠的青春期啦，什么始终如此追求近亲繁殖的癖好啦。是真的还是假的？克劳斯·布赫如此措词，倒使得人们即使反对或赞同起来，也几乎只是反对或赞同他的措词，而不是反对或赞同他所说的内容。他还说，赫尔穆特一直就是个穿背带裤的预言家，患有什么神圣的个人的消耗性疾病。干脆点说吧，就是发炎。总是光着脚和发炎。他就没见过赫尔穆特是别的样子。感情的激动也时常转换成身体上的炎症。每个月里，总有三至五天，人们得抬头仰望窗户；在窗户后面，在那些难看的褐红色的窗帘后面，赫尔穆特让自己的炎症慢慢消退干净。赫尔穆特急忙打断克劳斯的话。他想离开这里。此时，肯定已经有人在倾听他们的谈话。他也觉察到，克劳斯·布赫的妻子听着这些与她完全无关的话语，感到无聊至极。克劳斯·布赫说，他们可不会让他溜之大吉。他邀请哈尔姆夫妇去吃晚饭，并且根本不容推辞。

这家伙居然还记得我的名字。大约已经过了……赫尔穆特站起身，顺便问他们最后一次见面是什么时候。克劳斯根本不相信他的问话。他嚷着，你不记得了吗，到今天几乎刚好二十三年。当时，因为他，克劳斯·布赫，在爱丁堡谋到了一件差使，正要离开蒂宾根。在告别会之后，赫尔穆特要求他必须在市场广场的喷泉里洗个澡。他已经习惯听从赫尔穆特的命令，于是便在市场广场的喷泉里涮了涮。赫尔穆特不会把这事忘了的。赫尔穆特装作仿佛正回想起，克劳斯·布赫做作地伸手一抓，犹如从木偶剧院的箱子里掏出了什么似的。但是他根本就没有回想起一丁点儿克劳斯·布赫胡诌出来的事情。如果他不提起查拉图斯特拉和扁桃体经常发炎，还真让人觉得，他把事情搞错了呢。红褐色的窗帘让他感到像是舞台上的布景。自己家里有红褐色的窗帘吗？难看的窗帘是什么？他无法说出自己对这个克劳斯·布赫感到多么陌生。在他记忆的深层，有东西在蠕动，可能就是这位先生的名字。金黄色的头发，灵巧、健美的身材，似乎为了显露出牙齿才露出的笑容……这些都可能曾经见到过。在自己的青年时代，可能见过这样一副上颚前突的牙齿、灵活和简直有些俗气的嘴唇。但是，也可能没有见过。另一方面，这家伙对于局外人知道得如此之多。并且他认出了赫尔穆特，搞错是绝不可能的。

也许，赫尔穆特把这个克劳斯·布赫从自己的记忆中一笔勾销了。曾经有一次，他不是嫉妒过一个在爱丁堡获得教师职位的人吗？他相信，自己曾经有过那么一回事。曾有过一个小克劳斯，他总是事事如愿以偿。就是眼前的这个家伙。那房子的窗户像教堂彩色窗户那么高，那是克劳斯家的房子；房子坐落在昏暗的树林后面，显得很庄重。因为害怕，他从未进去过。只有一次，当他得知这家人全去了北海时，他翻过围墙，从灌木丛边上，观赏着花园和那幢高大的建筑。那楼房不是有个挑楼吗？这挑楼倒是可以借助自身的尖顶成为一个小塔楼。突然，他跑掉了。由于害怕。

赫尔穆特说，你是不是有一辆宽车胎的自行车？是啊，克劳斯·布赫喊叫起来，天啊，终于想起来了，我还担心，你不愿认我了呢。

克劳斯说，他带他们去"狗鱼餐厅"。赫尔穆特说，非常乐于奉陪。

三

赫尔穆特渐渐明白，这个克劳斯·布赫丧失了自己生活中宝贵年华的见证人。他显然恰恰不想从这些年华中失去什么。为了重新唤起对过去的记忆，他需要有一个伙伴，至少要借助这个伙伴的点头和目光来证实昔日曾经发生过的情景。没有这个伙伴，他就无法谈论过去。赫尔穆特看出来，他把这视作战友般的休戚相关。而赫尔穆特自己却不了解这种被重新唤起的狂热。对过去的任何思念，都使他心情沉重。每当他想到，他已沉浸在旧日的思绪之中时，便感到一阵恶心。盖上盖子。关紧。别让氧气跑进去。否则，要开始发酵了。克劳斯·布赫则全然不同。要是这家伙有一丝线索，他也想把其他所有的线索都弄个水落石出。在把二十五年前的一个下午的整件织物重新搞清楚之前，他绝不会善罢甘休。搞清楚它的花样，或它的颜色，或者至少搞清楚它的构思。当然，这个克劳斯·布赫对往事通常都记得一清二楚，这倒使赫尔穆特吓一跳。在市场广场喷泉的边上，堆放着一些装天竺葵花的箱子。在克劳斯·布赫遵照赫尔穆特的命令开始洗澡之前,他们就把其中的两个箱子取了下来。克劳斯·布赫开始脱衣服时,那个神学院的女学生便转过身去。你是认识她的,她生着一张马丽卡—勒克式的面孔,穿着绣花上衣。你不记得了吗,她梳着半长的、向内卷的头发,头发上面还扎着一根辫子,它在头发里忽左忽右闪现或被全部遮盖住。

赫尔穆特感到了一股强烈的妒意。事实上,他没有生活过。在他身边几乎什么也没有留下。什么也没有留下。当他回首往事时,看到的是街道、广场和房间不动的画面。没有动作。在他回忆的画面上,毫无生气,就如同灾难过后,荒凉一片。似乎人们还不敢动弹,都默默地靠墙站立着。画面的中央,常常是空白一片。他感到,冒险精神已经在自己身上寿终正寝,自己再也没有什么可讲述的。有时,他尽管坐下,让所有结识的人恐慌地从自己眼前列队通过。他点到的名字和身影出现了。但是,他们在他面前出现时的情景,用"死气沉沉"这个词来描绘,也不嫌过。他的记忆力也许不比其他人的差,青春和童年也都以一种熟悉的方式吸引着他。但是,他不懂这些无声、无气味和无色彩的画面。一段时间里,他进行了唤起回忆的狂热实验。有一次,他甚至开始写下自己对父亲的所有了解。他的父亲曾当过兴登堡饭店的侍者。当赫尔穆特发现,自己如何把支离破碎的记忆拼凑在一起,又如何给它们涂上色彩,并朝它们呵气和为它们编撰出说明词时,便感到一阵阵恶心。干这种木偶戏的玩意儿,自己已经嫌老了。把昔日的某件事情活灵活现地再现出来,意味着按照那种伪造的生动性复活往事,以一种方式得到补偿,而这种伪造的生动性则干脆否认过去的时效。尔后,在纸上所写下的对父亲的了解,正隐瞒着往事在自己头脑里存在的状况。正是对往事的这种麻木,引起了自己的兴趣。显然,克劳斯·布赫最喜欢毫不掩饰地讲述往事。有什么比往事和毫不掩饰的事实更少协调的呢?在克劳斯·布赫处,只传出说话声、嘈杂声,散发出各种气味;往事在翻涌和冒着气,仿佛比现实更加逼真。回忆往事的人变小了,用手指着天空,巨人正在那儿猛烈地争斗。赫尔穆特眼前只看到碎片、孔洞、变得灰白的物体、渐渐消失和被毁坏掉的事物。其实,很久以来,他只准备着和被毁坏掉的事物交往。没有什么比这些被毁坏掉的事物更吸引他了。总有一天,从早到晚,他将在自己身边只聚集那些被毁坏掉的事物。他的目的就在于,将自身的存在送入与被毁坏掉的往事极可能相似的一种状态中去。现在,他已经想进入消逝的状态了。这是他的志向。就该像在往事中那样,在他身上、身边和面前都是碎片。人死的时间要比活着的时间长多了。荒诞的倒是,今生今世同逝去的岁月相比,是多么微不足道。这种比例会使得当今的每一秒钟，相应缩微、化小、肢解，直至变得令人再也无法感觉到为止。

克劳斯·布赫和妻子只吃肉排和生菜，而且是先吃生菜，后吃肉排。他们只喝矿泉水，而且对喝矿泉水的好处赞不绝口，似乎非要使哈尔姆夫妇立即效仿不可。可他们自己对矿泉水还能作出判断呢！在湖滨大道旁的咖啡馆里，赫尔穆特就已经注意到，这两人没给自己要咖啡。在那儿，他们就喝矿泉水。但是，他们在那儿并没有盛赞矿泉水。他们对赫尔穆特和萨比勒纵饮狂食的吃喝方式未敢苟同。海尔真诚地告诫萨比勒，自己为他们这种无顾忌的吃喝方式深感担忧。赫尔穆特和萨比勒喝最浓烈和最贵的秋酿勃艮第葡萄酒。赫尔穆特喝了一升半，萨比勒喝了半升。他感觉到，自己头重脚轻，陷入飘飘然的境界。当赫尔穆特完全出于礼貌补充说，克劳斯·布赫追踪了一个学期的那个扎辫子的姑娘，那个神学院的女学生，是沃尔姆斯[①]人时，克劳斯·布赫完全不理睬赫尔穆特的回忆，几乎激动得在椅子上坐不住了，因为这个克劳斯·布赫感到，自己似乎已经听到了她说话的声音。但是，正当美滋滋地倾听时，他像在湖滨大道旁那次一样，又喊叫起来，而因为这次大家坐在那家

[①] 德国历史最悠久的城市之一，位于莱茵河的西岸。

古朴、低矮的狗鱼餐厅的一间小房间里,所以喊声听起来格外瘆人。赫尔穆特也跳了起来,甚至连邻近房间其他桌的客人也惊跳起来。萨比勒抽打着奥托的嘴。克劳斯·布赫跑到外面去洗手。萨比勒讨好地说道:这是奥托头一回干这种事。尽管这话属实,但显然,连她也不相信自己说的话。

克劳斯·布赫回来后,却再也无法进入回忆的遐想中。他和海尔一起默默地观察着,萨比勒和赫尔穆特如何把一片片奶酪吃光,把一口口白面包咽下,把一杯杯红葡萄酒喝光。赫尔穆特抬起头,第三次发现布赫夫妇正惊奇地睁大眼睛,便说,海尔和克劳斯的目光倒让他想起了瑞典的伟大哲学家埃玛努埃尔·施威德博克的生活片断。当这位哲学家年过五十并且已经声名显赫之时,有一次,他在伦敦一家旅馆自己的房间里,独自用晚餐。突然,他听到房间的角落里有一个人朝他说道:不要吃这么多。海尔问,哲学家先生对此如何反应?从那一天起,他就只吃热牛奶泡的一只小圆面包,喝很多过甜的咖啡。哦,是这样,海尔说,施威德博克,克劳斯,请你记住我感兴趣的这个名字。是一天一个小圆面包呢,还是一顿饭一个小圆面包?赫尔穆特说,可惜,我不知道这点。海尔说,这可大大降低了这药方的价值。她似乎几乎失望得生起气来。她说,您记住了一切,姓氏、名字、职业、民族、情节发生的地点、场所、成分，可您就忘记了剂量。克劳斯，你理解这点吗？克劳斯·布赫说，赫尔穆特总是只对质的问题感兴趣，从不对量的问题感兴趣。但是，没有准确的量，就没有质的成功，海尔嚷叫着。克劳斯·布赫说，不要吃这么多。然后，他看了一下手表说，我的上帝，都快十一点了。赫尔穆特本来还想喝上四分之一升或半升这种瓦尔都尔默酒。但是，克劳斯·布赫已经站起身，为大家付了账。当赫尔穆特还在抗议，克劳斯·布赫不应为自己和萨比勒付酒钱时，克劳斯·布赫已经宣布起明天的计划了。早上六点半，跑步；七点，打网球；上午，驾帆船；然后，吃午饭；午饭后睡午觉；下午三点钟，待他们睡够了，再与萨比勒和赫尔穆特碰头。当然，倘若萨比勒和赫尔穆特乐于七点钟同他们打一场网球双打的话，那可是求之不得。赫尔穆特吓得慌忙拒绝，萨比勒微笑着推辞。

他们本想用车把萨比勒和赫尔穆特送回核桃村，但是萨比勒和赫尔穆特说，他们骑自行车来的。赫尔穆特感到有责任讲一句，自己和萨比勒更乐于步行走回核桃村去。布赫夫妇刚离开，赫尔穆特就建议，乘公共汽车回去。但是，已经没有公共汽车了。赫尔穆特闷闷不乐地走在兴致勃勃的萨比勒身旁，慢腾腾地朝核桃村走去。幸好刮起一阵强劲的西风，树叶沙沙作响，潮水发出哗哗的声音。他喜欢这种和谐一致的声音。可惜，萨比勒几乎老是不停地讲话，而且讲的尽是关于克劳斯·布赫的事。她觉得，布赫夫妇早上七点打网球并鄙弃烟酒，这些尽管滑稽可笑，但她觉得，这两人别的方面倒给人一种清新的感觉。为了不至于让萨比勒感到扫兴，他说，自己对于遇见这两个人，多少也感到高兴，否则，今天晚上就喝不到这么好的葡萄酒啦。当这个克劳斯·布赫拒绝赫尔穆特递去的雪茄，并且说自己不能再开戒时，赫尔穆特感到，此时雪茄的味道好极了。赫尔穆特说，克劳斯·布赫说的这句话，乍听起来，倒好像吸烟是犯罪；不知怎么的，吸烟就是犯罪的这种意识，反倒使得雪茄更多地涌进了我的血管。

这是扯谎。当他发现，他们关切地注视着自己吞云吐雾时，便立时感到，吸烟已不再像平日那样使人心旷神怡。

赫尔穆特考虑了一会儿，自己该不该向萨比勒建议，他们俩迅速脱光衣服，冲向波浪，去游一会儿泳。这些他们已经做过了。但是，他担心萨比勒将把这项建议看成是受"这个克劳斯·布赫"影响的结果。她责备过他，嘴上总称别人"这个克劳斯·布赫"。他问，那么她喜欢怎样称呼他呢。赫尔穆特说，他曾经是自己的朋友，如同自己今天所听到的那样，那是十一岁到二十三岁时的事情，现在，这对自己来说，已毫无意义了。赫尔穆特说，尽管如此，每次提起他来，不是称克劳斯，而是称这个克劳斯·布赫,这够可笑的了,没错,这甚至非常可笑。她说,从现在起,你叫他克劳斯。好吧,他说,从现在起,我就称他克劳斯。萨比勒用拳头捶了他几下。她显然相信,现在他们观点一致了。这正中他的意。

因为吃得太多或喝得太多的缘故,他无法入眠。萨比勒躺在他的身旁,也毫无睡意。两人对这红葡萄酒居然没把他们送入梦乡,均深感惊奇。赫尔穆特说,自己要起来一下,查阅点什么。他坐到桌边并且写道:亲爱的克劳斯·布赫,我眼见误解在增长。也许现在已经为时过晚。这是命运的安排,我必须告诫你们:只要有人对我表示友好,我便感到,自己无法再像过去那样友好待人。我相信,现在我看起来比我本人实际上要友好得多。有时,我为自己不像表面看来那么友好而深感遗憾。倘若有人对我表示友好,我便会拘束得犹如食肉者置身素食者中一般。对所发生过的一切,我保持沉默,这意味着追求理解。我感到,隐瞒事情是件美德。遭受误解时,我的理想就是,在一旁静观。我要学会支持误解。我要学会,比起所谓的朋友来,更喜欢所谓的敌人。

赫尔穆特停止书写。他发觉,自己写这封信的举动十分可笑。如果在这封信中还有一句认真的话,那就是,他不该写这封信。但他无法停止书写,他又继续写道:我知道,我对了解自己并不感兴趣,更不必说谈论自己了。因此,我们不应再次见面。是的,我这是逃避。我知道,谁阻碍我,谁……我不想陈述己见了,隐瞒是我的心愿。我和今天生活着的大多数人一样,都怀有这个愿望。我们彼此像装甲战舰一样进行交往;交往中,遵循着并非完全可以理解的规则。这些规则的意义就在于缺乏理智。他人对我了解得越多,他就比我更强有力,所以……

赫尔穆特停止书写,感到如释重负。这封信所使用的语气,使得信件根本就不可能付邮。直到把信的语气改成了直接语气,他才作罢。现在,他盼望着上床睡觉。他感到,消极的自我满足涌上了自己的心头。谁没有了要求,便会满足,这有多么好啊。一旦自己独处,不仅内心,每一步、一个杯子和一只手,一切都变得多么容易。他可以不费劲地走动,可以在这块圆形地毯上不停地走动。一旦自己独自一人,便感到卸下了肩上的重担。首先,对面部的压力消失了。面部表情从容不迫,无顾忌地躺着。嘴巴过得最自在,想干什么就干什么。一旦嘴巴知道,我们单独在一起时,举止便变得像狗一样,长时间躺着,一动不动;后来,来了兴致,它便活动、玩耍。显然,现在它想感受到自己的存在。那好极了,它可以这样干。

四

赫尔穆特说,一旁耸立着的庄严的比尔瑙教堂,就像头壮牛一样朝太阳挺着自己的胸脯。借着这番评论、吹口哨和观察树木的机会,他真想阻止去海丘旅馆,阻止去向克劳斯·布赫朝圣。他倒想自己走开,去干点别的事情。萨比勒不容分说,坚决要把奥托留在家里,这吓了他一跳。他脸上一副屈服的表情。他叹息,并且诅咒着克劳斯·布赫昨天发现他们的时刻。萨比勒说,现在去吧,这对你有好处。他反问,有什么好处?你会得到一下解脱。从哪儿解脱?从老一套中。他喊着,老一套!你称这为老一套。这一严重时刻带来了无穷的苦果,从此,每个人都要求我们做出没完没了的抉择:要我们起床,如果起床,什么时候起;要我们吃早餐,但是吃什么;要我们穿衣服,如果穿,穿什么;要我们去湖边游泳,如果去了,我们躺在哪里,怎样……

克劳斯·布赫快步向他们走来。此时,赫尔穆特脸上现出一副复杂的表情。克劳斯·布赫说,谢天谢地,由于哈尔姆夫妇没把他们那四条腿的坏蛋带来,大家该去驾帆船尽兴玩玩。赫尔穆特眼瞅着萨比勒,仿佛想要说:你现在是自作自受。而他嘴上却说道：这个主意不错，但可惜萨比勒和自己没有穿驾帆船的运动服来。克劳斯说道：把鞋子脱了，一切就齐了。萨比勒毫不犹豫地表示赞同。赫尔穆特向她说明自己的惊奇，难道她不知道，他们在帆船上的样子会有多么可笑吗？

小帆船以激烈的晃动来迎接赫尔穆特和萨比勒的到来。他们坐到帆船的甲板上，身下放了软垫。他们脚趾朝天，拘谨地坐着并且竭力躲闪着布赫夫妇驾船的体育动作。克劳斯·布赫要求萨比勒和赫尔穆特把袜子也脱下来。他说，否则他们会滑倒、摔折什么的。赫尔穆特把短袜递给萨比勒并做出一副绝望的样子。克劳斯掌舵，海尔当助手。西风鼓满风帆。萨比勒害怕了，这惹得坐在上面的布赫夫妇大笑起来。赫尔穆特感到，自己和萨比勒在这里充当了一对老祖父母的角色。克劳斯·布赫在舵柄旁，气宇轩昂，俨然他们必须不断恭维他似的。赫尔穆特克制住自己。萨比勒渐渐发现，自己没有想到驾帆船竟有这般乐趣。这种轻盈急驶的滑行，事前就没有料到。你看，赫尔穆特，这景色，从湖上看，起伏的丘陵比散步时所看到的显得美多了。她装作似乎自己是第一次来到湖上。她嚷叫着，这不正像是众多的丘陵，只是为了休息，才环湖而立吗？显然，她想同克劳斯比赛一下措词表达的能力。赫尔穆特感受到眼前掠过的丘陵的平缓，但避免说出这种感受。克劳斯·布赫却说了出来。他了解赫尔穆特，无须别人告诉，他就知道，在太阳光辉中上下闪烁着的绿色光芒，掀起了赫尔穆特的感情波澜。在学校时，赫尔穆特一贯擅长对气氛进行最悦耳动听的描写，而他更大的本事，却是持一种毫无兴致的语调来朗诵那些最夸张的词汇组合。

听人如此不准确地议论自己，正中赫尔穆特的意。这也是为了萨比勒的缘故。虽是个热天，但他感到自己的双脚冰凉。他悄悄地把脚放到阳光下。

一时间，除了询问克劳斯·布赫的升迁发迹之外，他竟想不起还有什么别的话题。他希望，克劳斯·布赫谈论起自己时，措词会变得克制些。他谈起自己时，确实不像谈论赫尔穆特那样口若悬河，但他对自己性格的描述也让赫尔穆特感到不舒服。他没有一件事能办得合人心意，他半真半假地承认说，他认为自己性格上不胜任做教育工作者，虽然成了担任国家公职的教师，却不具有为此所需要的逃脱每天那老一套的刚毅精神；他成了个浅薄的小市民，成了一个庸俗的、饱经风霜的尿酸浓缩物，仅此而已。他还说，没有挑衅，便没有他。倘若不对他过分要求，他便生活不下去；他需要极限，否则他便意识不到自己的存在。后来他当了记者，成了研究环境问题的专家，成了生态学界研究营养问题的专家。也在电视上露面。萨比勒立即说，他们几乎不看电视，因为他们晚上要看书。克劳斯羡慕萨比勒和赫尔穆特。晚上看书，太棒了。现在居然还有人在晚上读书，这使他感到安慰。海尔说道：在你的那本《绿色的面面观》一书中写道：读者是人类的一页绿肺。他说，海尔，你把我的书都能背下来了！我深信，你还有点爱我。《绿色的面面观》是他的最得意之作。哈尔姆夫妇晚上读什么书？赫尔穆特抢在萨比勒之前，赶紧答道，读德·萨德①的书。萨比勒随后不满意地嘟囔了一句，也读写受虐待的书。克劳斯说，我觉得，你们俩就是这种人。赫尔穆特说道：没错。克劳斯嚷着，准备掉头。海尔嚷着，准备完毕。克劳斯嚷着，掉头。萨比勒和赫尔穆特突然把头低下。

萨比勒问克劳斯知道吗，赫尔穆特生气，是因为她总是称克劳斯·布赫为克劳斯；他用布赫夫人来称呼海尔，这样既避免按照她丈夫的命令，称她为海尔，又避免光称她的名字②；很久以来，赫尔穆特就准备写两本书，但是，学校的工作占据了他的时间；现在，他已经把自己的计划缩小到写一本书，但就

---

① 德·萨德（1740—1814），法国色情文学作家，因其描写的色情幻想和所导致的社会丑闻而出名。
② 德国人名字在前，姓在后。只有家庭成员间或熟悉的朋友之间才互称名字，一般人相互称呼姓。

连这么个计划,他也不得不一再推迟。克劳斯说,海尔,过一会儿,我们把自己有益无害的小书敬献给哈尔姆夫妇,你说好吗。萨比勒说,好啊,赫尔穆特,这也许会增添你的勇气,让你开始动笔。

赫尔穆特心想,这也许是一种坏习惯,但所有感情中最甜蜜的莫过于体会到妻子对丈夫也毫无所知。对克劳斯和萨比勒两人所说的一切高论,他自然是点头不已并把自己的眉毛皱到了额头上,流露出有文化教养的人所惯有的敬意。海伦妮·布赫也已经著书立说了。是啊,是谈论药草的书。克劳斯甚至已经就饮食学问多次发表著作。啊,有七万五千人按他著作中的方法进食。尽管如此,他仍然很谦虚。他谦恭地说,这算不上自己的功绩,而是自己应该做的。海尔那本关于药草的书才值得称道,它只不过因为曲高和寡才流传不广。海尔抗议说,若不是克劳斯死命要我写,我永远写不出一本书来。再说,我根本没有写书,只不过是将金策勒神甫的话译成了现代德语,也就是说,每次我都把他写上帝的词句改换成自然一词。您肯定知道《药草和野草》这本书……您不知道?!三年来,布赫夫妇来这个地区,为的是更好地了解金策勒神甫,也可以说是从思想上更好地进行了解。他们觉得,金策勒神甫突然变得比比察恩茨①和拉文那②更加重要。现在，克劳斯迷上了这个地区，甚至计划写一部关于博登湖的巨著，书名就叫作：《让欧洲一起饮用你》。

帆船正从下乌尔定③的木桩建筑物旁驶过。克劳斯·布赫用手指着那些建筑在河上、用木桩支撑的房屋说，也该消除一下那边的骗局了。赫尔穆特问，为什么说是骗局呢？他记得，自己曾在旅游说明书上读到过，这些木桩建筑物建于一九二九或一九三〇年。克劳斯说，之所以说是骗局，是因为那边从未有过木桩建筑物；这些仿建的木桩建筑物似乎让人觉得，它们是很早以前就建在那儿的。赫尔穆特问克劳斯是否能肯定，在这个地点或邻近地点，大约在金溪或甜磨坊前的地段，从未有过木桩建筑物。克劳斯说，在博登湖畔或博登湖里，无论何处，从未建过木桩建筑物。赫尔穆特真诚地说道：亲爱的克劳斯·布赫，在石器时代，这里没有木桩建筑物是吗？克劳斯答道：凯尔特人的祖先主要不住在木桩建筑物里，要是有木桩建筑物，那么野蛮的阿雷曼人还不早就把它都拆光了。赫尔穆特一时哑口无言。但是，克劳斯·布赫的语调激他争辩。好了，

---

① 希腊旅游胜地。
② 意大利旅游胜地。
③ 德国地名。

好了，好了，克劳斯·布赫嚷叫着，那个杜撰出这一切的骗子，正巴不得人家相信哪；他四十年前因此而被任命为教授，过后，他躲在一旁幸灾乐祸地窃笑，因为靠着自己笨拙然而成功的捏造，他肯定早已成了个百万富翁。我承认，谈论此事，纯粹出于妒意。当我有兴致要做什么时，那可能是个考虑周到的骗局，它在一定程度上会成为真正的生活。海尔边笑边说，这你已经做到了，七万五千人按着你书中的方法进食，他们相当实在。他惊奇地打量了海尔好一会儿——他的舌头从里面顶着上嘴唇，使它隆起，似乎上嘴唇把舌头拘禁了起来——随后，他大笑起来，比海尔笑得还响亮。接着，他说，这是因为自己娶了一个放肆的年轻姑娘的缘故，他的前妻就绝不会有这股机灵劲，把他讲的一句自嘲的话接过去，又原封不动地奉还给他。赫尔穆特犯过许多错，但这样的错却没有犯过，从未犯过。只可惜她毫无长进，并因此也不乐于看到他的成功；当他不想像一株花草那样在过小的花盆里枯死时，便同她分道扬镳。克劳斯·布赫把这番解释说给萨比勒听。后来，他以一种极严肃、简直是绝望的腔调对海尔说道：你不再爱我了，是吗？她嘲笑他，朝他弯过身去，亲吻他。他急忙扭过头去，使她亲吻到自己的嘴。亲吻完了，他便转动着舌头，舔着自己的嘴唇，仿佛要让海尔的吻一丁点儿也不丢失似的。赫尔穆特乐于目不转睛地盯着海尔，但他只能小心翼翼地瞥她一眼，否则，其他人会觉察出，他对这位姑娘十分欣赏了。在干这种瞥一眼的事上，他可是个行家里手。

尽管自己的双脚现在放在阳光下，但摸起来仍然冰凉。原来还不是整双脚冷，只是脚后跟凉，但现在双脚冷得就好像放在雪里一样。他必须活动一下。他和萨比勒坐在那里，活像一对制作糕点甜食的师傅夫妇，应邀前来参加庆祝金婚乘艇游玩。他们坐在甲板的小垫子上，撇着光脚，露着保养不好而磨伤的脚趾和难看、发红的皮肤，样子肯定非常可笑。

刚同孩子们分离时，他简直气得要命，克劳斯·布赫说着把脸转向风吹来的方向，眯起眼睛，金黄色的睫毛不住地眨动着。他的前妻，一个偏激的小市民，调唆孩子们反对他，孩子们因而拒绝同他有任何来往。好在海尔和他想法一样：不要孩子。庸人的全部心思就是仅仅为了生育孩子而性交，难道不是这样吗？他确信，在青年时代就已经是古怪念头大师的赫尔穆特，准保已经发展了一门非常阴暗和极富于礼俗的性交文化。谢天谢地，今天每个人都能够按照自己的方式进行性交，比如海尔和他就非常喜欢上下起伏动作大的性交方式。而他的前妻则觉得，这种方式十分糟糕。无疑，人是自然的过错，而小市民却是程序错误所为，歇斯底里如希特勒，头脑狭隘如同巴伐利亚州的一名州长，凶恶如同斯大林。海尔和自己仅仅只是在等待最终能够离开这个小市民国家的时日的到来。再给自己建一座出租公寓，然后，他们就离港出航了，航线巴哈马群岛①。但这也改变不了德国人的秉性。比如他的前妻是庇护十二世②的一名崇拜者。十四岁时，她同她的父亲一起，作为圣城的朝觐者谒见教皇。她再也没有从中恢复过来。她最喜欢的书是：《理查德·瓦格纳致玛蒂尔德·韦泽多克》。第二喜欢的书是：韦尔弗③的《贝尔纳德特之歌》。她在星期一早晨就已经知道星期五自己将穿什么上衣。海尔同情地注视着克劳斯。萨比勒尽其所能地讽刺道：可真是让人羡慕。克劳斯·布赫嚷叫着：准备掉头。海尔嚷着答道：准备完毕。克劳斯·布赫嚷叫：掉头。萨比勒和赫尔穆特赶紧把头低下。

突然，海尔脱掉上衣。放好衣服后，她说，克劳斯一个人足能对付得了风，说着便在帆船的前端躺下。凭借着熟练的目光，赫尔穆特瞥了一眼她的乳房。乳房显得十分引人注目。幸好克劳斯·布赫仍在说话，好像什么事也没有发生。他问哈尔姆夫妇有孩子吗？赫尔穆特说道：萨比勒，我们有孩子

---

① 位于拉丁美洲西印度群岛最北部。
② 庇护十二世（1876—1958），意大利籍教皇。
③ 弗兰茨·韦尔弗（1890—1945），奥地利作家，他的小说《贝尔纳德特之歌》作于一九四一年。

吗？萨比勒说，要是他问自己的两个孩子，他们是否有父母时，他们也许会回答：父母！天呀，从未有过！克劳斯说，看见他们的狗时，自己还以为，他们是一对无子女的夫妇呢。萨比勒问，为什么你们不养狗？克劳斯·布赫说，凡会限制自己行动自由的事物，他们都避免。倘若上午突然想起乘飞机去特内里费岛①，那他们就必须中午时分离开施塔恩贝格的家中，晚上在洛斯洛德奥斯②降落，否则他就有一种像是蟑螂的感觉。这是一种令人不快的感觉，昔日在学校时，他时常有这种感觉。那时，赫尔穆特把他整得坐立不安。因为自己的父母在山坡上有一座漂亮的房子，房子四周是个种满李子树的果园和一块长着野黑莓的荒地，所以赫尔穆特拒绝去布赫家的园子里玩耍，甚至有一段时间，他还调唆同学们不同克劳斯·布赫一起回家。克劳斯·布赫说，他是班上的一名斗士。萨比勒干巴巴地说，现在他可不是了。太遗憾了，克劳斯·布赫说。自然，当时他还无法明白赫尔穆特对布赫家财产的这种隐蔽的仇恨心理。他还以为，这是针对他个人的呢。倘若在集体手淫时，他没有能证明，自己的生殖器能和其他任何人的相匹敌，那他可真要走投无路了。我的天哪，倘若在学校厕所里和

---

① 北大西洋加那利群岛中最大的岛，属西班牙。
② 特内里费岛上的一个旅游城市。

在新楼里没有手淫过,那自己该怎么办呢。因为这几乎是自己恢复名誉的唯一的机会了。因为他比大多数人个子矮小,所以大家自然认为,他们身上所长的一切,都要比他身上长的大一号。但是,他把大家都给镇了。赫尔穆特是否还记得,在储蓄银行的新楼最高一层发生的事情:是谁把尿从天窗孔里滋出去的?是谁第一个办到的?是小克劳斯·布赫。啊,是呀。为了产生必要的提前量,瘦高个儿们不是缺少生殖器的力度,就是缺少其强度。靠数学完不成这一抛物线。克劳斯·布赫高兴得直叫嚷,但是最让人好笑的事情,还是赫尔穆特的所作所为。当赫尔穆特听到这话时,不禁毛骨悚然。因为他当时患有严重的包茎,现在他肯定早已没有这毛病了。赫尔穆特尿道口的包皮,就像菜花的叶子。他滋出的尿,自然不可能细、远,只会是断断续续的尿流。包皮翻不过来,而且弄得生疼。我们的赫尔穆特怎么办呢?他用拇指和食指把包皮的前端紧紧夹住,然后开始撒尿。夹紧。包皮囊内憋满了尿。当他快要憋不住时,我们的尿滋出来了。但可惜方向不对。由于过度好胜,我们的尿都滋得太垂直,结果所有的尿都滋到了自己的脸上。克劳斯·布赫笑啊笑啊,并且重复着戏剧性的语句。萨比勒只是高声叫了一声。海伦妮·布赫发出自己那又响又刺耳的笑声。赫尔穆特命令自己,要笑得最响,笑的时间最长。他果真做到了。

克劳斯·布赫以一种更加充满感情的声音说，我们性爱里的早春时节中最美好的时刻之一，发生在罗尔夫·埃贝勒家中的地下室；你还想得起他吗，还记得罗滕瓦尔特大街吗，他家就在那条街上，我们在那里又尝试了一次。地下室里昏暗一片，我们不能开灯，也不许讲话。大家都在摆弄着生殖器，正想着我们就要达到稍微有点疼痛的美滋滋的时刻时，突然，我们听到赫尔穆特小声地说道：现在我达到高潮了。

他又笑了起来。海尔说道：啊，太可爱了。萨比勒说：你们可真是一帮坏小子。赫尔穆特笑了，发出一阵阵在歌剧中才有的、带拖腔的哈哈哈的笑声。克劳斯重复说着据说是赫尔穆特曾说过的那句话，并且解释说，地下室里的每一个人立刻都明白了，我们的哈哈先生[1]，现在头一次把包皮翻过龟头。你瞧！[2]

萨比勒说，她简直吃惊极了，因为克劳斯把一切都记得这么清楚。赫尔穆特，你说是不？

赫尔穆特说，过奖了。克劳斯，你看，萨比勒已经相信，你讲的全部是真的呢。

---

[1] 喻指赫尔穆特。
[2] 原文为意大利语：Ecco!

难道不是这样吗？克劳斯问道。我记得的可不是这样，赫尔穆特说着，并且为自己的傲慢腔调而恼怒。

啊呀，赫尔穆特，克劳斯·布赫说，你不愿承认这个童年时代的动人时刻，真使我失望。

你呀，我根本不知道你讲的那些事情，赫尔穆特说，因此，我无法说，是这样或者不是这样。你尽可随心所欲地讲，我只能听听和惊奇罢了。当时，你肯定与我们很难相处。我觉得，自从你有了一辆宽胎自行车，你就多少有点孤立了。你的想象力因此受到了刺激。这原本是件完全正常的事：每个人都要得到补偿嘛。

萨比勒表示谴责地打着呵欠。

你呀，我以后还要和你争论这一点，克劳斯·布赫说，现在不和你争了。但是，我绝不能容忍，你把我们童年时代的神圣时刻变成幻觉。童年时代的这些火花是踏不灭的。

海尔说，在水面上行驶和唤起回忆，令人非常愉快。我没想到，水和回忆竟是这般谐调。她说话的声音就像从半空中传来似的。真的，赫尔穆特，她说着，并且在他肩头捶了一拳，今天因为您在，才让克劳斯·布赫想起这些可爱的场景。我对小伙子们的指法练习一无所知。他独自一个人的时候，也想不起这些。否则，他会对我讲的，因为他对我无所不讲。他所讲的事情，都是您向他提示的。现在,您想把这一切重新从他那里夺走。您也许是个暴虐狂吧?她和克劳斯交换了一下目光,又接着说道:对不起,宝贝,我原不想说这些。我这是说走了嘴。赫尔穆特说道:那好吧,那我就把这木偶展留给他吧。为此,海尔亲吻起他的太阳穴。萨比勒说道:别宠坏他了。① 克劳斯·布赫喊叫着:啊,孩子们,我感到生活确实太美好了。我的天啊,谁可曾想到过生活会如此美好。我认为,最美好的倒是这也可能是另外一种样子。为了使生活像眼前这般美好,人们一定干了点什么。亲爱的朋友们,此刻是高潮!在这条船上,要是还有谁对其他人称"您",那他就会掉到水里去。按照航行的规定,一切必须听从船长的命令。准备掉头。准备完毕。掉头。

由于航线变换,赫尔穆特的脚又罩在阴影里。他把脚移到阳光下,脚后跟却依然冰凉。

靠岸时,萨比勒说,她简直无法想象,大家聚在一起驾帆船玩,竟会有如此效果。从岸上看去,坐帆船似乎没有什么,可自己现在却很舒服,就像喝醉了似的,感到既轻松又沉重,如同对自己的皮肤的那种感觉。她对自己的皮肤还从未有过这种感受。她感到,自己好像在奥林匹斯山做过按摩一样,现在

---

① 原文为英语:Don't spoil him。

身子变得越来越重，正在返回地球。赫尔穆特说，按摩师阿波罗①问候诸位。他附和妻子说，一个没有乘过帆船的人，绝对想象不到，聚到一起，乘帆船玩竟会有这样的效果。他自己也感到有一种让人揉捏过的感觉。他只是还不晓得，是谁所为或怎么弄的。阿波罗肯定没给他按摩过，但可能是位神仙干的。无论如何，他要十分衷心地感谢海尔和克劳斯·布赫，因为他们俩在帆船上对自己和萨比勒非常耐心，他还祝二位度假愉快。对此，克劳斯·布赫可不干了。告别！什么？你说什么？啊，是这样，真是一个哈哈先生的念头。海尔说，犯得上这样吗？他是个暴虐狂，这我们都知道。

有时，他愿意言过其实，萨比勒说。

我看，我们观点一致，克劳斯说，孩子们，孩子们，刚才可够吓人的。我们还祝你们二位度假愉快……我当时就想动手打架。他半真半假地打了赫尔穆特一拳。

他说，因为赫尔穆特有权认为，在吃饭时，我会盯着他，会不停地说，别吃这么多了，所以，我们还是在晚饭后再见面吧……哎呀，等一下，那个吃小圆面包的人叫什么名字来着，海伦妮叫起来。施威德博克，萨比勒答道。海尔说，现在我把

---

① 希腊神话中的太阳神，主管光明、青春、医药、畜牧、音乐和诗歌等。

这个名字写下来，因为克劳斯的记忆力像个窟窿，差极了。克劳斯说，我的记忆力像个筛子，请吧，大一点的面包我留下。别操心了，你就记住施威德博克吧，赫尔穆特说。海尔说，那么，八点半再见。赫尔穆特拉着萨比勒走开。

克劳斯·布赫叫着，我们来接你们。这叫声听起来倒像是威胁一样。好——吧，萨比勒喊着。这回答声听起来，像是充满了不少柔情。

赫尔穆特和萨比勒慢腾腾地走回自己的住处。他们刚离开布赫夫妇，立刻就变成了工作日的气氛，天变得更加昏暗，一切都完了。胡说。他宁愿相信，恰恰是相反。赫尔穆特咒骂着。他咒骂萨比勒，为什么不帮助他抵抗这个营养专家和水上运动员的进攻呢？萨比勒做出吃惊的样子。赫尔穆特不正是以最高的嗓门称赞过这个下午吗？倘若布赫夫妇让他感到不愉快了的话，那他刚才不该这么做，是不是？就该这么做，他说。对了，她说，你能干出这号事来。

五

赫尔穆特像霸王似的催促萨比勒准时走出房间。八点二十五分，他们就已经站在花园低矮的栅栏门前等候了。栅栏门旁边放着垃圾桶。这是个星期一的晚上。十一年中,他竟然没拖过一次垃圾桶。每次他想去拖垃圾桶,就发现齐恩夫人已经把它拉到马路边上去了。他倒真想干一次把垃圾桶拖到马路边上去的活。这既能显示出乐于助人,又会使自己高兴万分。

萨比勒说,你紧催什么,现在我们无聊地空等着。他无法告诉她,自己绝不想让克劳斯·布赫和海伦妮跨进齐恩家的度假公寓。他们倘若闯进来,那他就再也无法继续度假了。究竟为什么会这样,他自己也说不清楚。所以,他也无法向萨比勒讲明白。为了对自己表面上毫无意义的催促表示道歉,他用大拇指顺着她的颈关节很快揉按了一下。她的头向微微抬起的肩膀垂下,眼睫毛忽闪着,她的身体呈现出一副优雅的 S 形。

布赫夫妇驾车驶来,刚一跳出汽车,便开始问候,似乎十一年来大家一直没见过面似的。奥托在房里叫唤和哀号。海伦妮说,可怜的家伙。

赫尔穆特说,是够可怜的了。

克劳斯,要是你能稍微注意一点自己的手,我们就能带奥托一起去了,海伦妮说。

好吧,我也可以戴上手套,克劳斯说。

为了你的缘故,那条可怜的狗整个晚上都得……

行了,他打断她的话,行了,把狗牵出来吧。

不，萨比勒喊叫起来。

说话算话，赫尔穆特喊了一句，便进屋去，领出来欢蹦乱跳的奥托。

奥托，乖点，奥托，乖点！萨比勒喊叫着。赫尔穆特祝贺克劳斯具有了这种自制能力。

他们沿着湖滨大道散步。赫尔穆特很快就把大家引到了一家小酒店。他承认，自己没有别的企图。滴酒不沾地过上一晚上，会使自己感到无聊透顶。

我们没使你尽兴，海伦妮说。

赫尔穆特犹豫起来，长时间盯着海尔，慢慢地摇着头说道：没有尽兴。

干杯，祝大家健康，萨比勒以和解的语气说。

哈尔姆夫妇饮酒，布赫夫妇喝矿泉水。赫尔穆特不明白，为什么后来布赫夫妇会那么热烈地谈论起酒和矿泉水。他总是先一口气喝下四分之一升酒，因为要是不喝点什么，他就没有兴致开口。

突然，克劳斯·布赫喊叫起来：别舔了。萨比勒说：现在又舔你了。赫尔穆特喊叫着：奥托，坐下。① 克劳斯·布赫站起

---

① 原文为英语：down。

043

身，一只手握着另一只手，像是那只手受了重伤似的。

海尔说：好了，克劳斯，请别这样！

克劳斯继续握着那只手说：它的舌头冰凉、湿乎乎的，天啊，你根本不知道这有多么难受。总是舔我，你们知道吗？为什么总是只舔我呢？

赫尔穆特回答说：不知道。

萨比勒说：再也不让它跟出来了。她又朝桌下的奥托说道：你这条恶狗。

海尔说：可怜的奥托，它真让人感到惋惜。

谁感到惋惜？克劳斯·布赫大声问。

海尔说：当然，你也感到惋惜，宝贝。

赫尔穆特愉快地说道：没有一桩事不使人惋惜。

克劳斯·布赫说：好了，现在我把手放到桌子上，谁要是发现，我由于疏忽把手从桌上拿开了，请立即提醒我。

赫尔穆特发现，克劳斯·布赫的关节与他的优美身材相比，显得过大了些。他的小臂明显比自己的强壮、有力，手更大，手指更粗壮。毫无疑问，他的生殖器也会更大、更有功力。尽管如此，赫尔穆特相信自己已经发觉，海尔有点乐于取笑丈夫的身体保健。

每次，她用略带温情的目光注视他，他便立即用一种绝望的声调说道：你不再爱我了，是吗？每当此时，她便立即把自己的嘴唇做成亲吻状，朝他亲吻过去。赫尔穆特觉得，她虽然亲吻过去，但对亲吻到什么，似乎并不在意。然而，倘若人们看到，放在桌上的他们俩的褐色胳膊和手与赫尔穆特和萨比勒的胳膊和手，立刻便能分辨出，谁和谁是一对夫妇。

赫尔穆特感到，今天，雪茄和酒已经不像昨日那样令人陶醉。他担心，自己的习惯会抵抗不住这对夫妇的说教。这两人不住地向自己进攻，他们会战胜自己。和他们同坐在一张桌旁就够让人别扭的了。此时，海尔握着克劳斯·布赫的双手，把他搂在自己怀里。他偎依在她的一只胳膊下，头靠在她的胸前。赫尔穆特和萨比勒同时发现，克劳斯几乎要睡着了。

轻点，萨比勒说，他睡了。

海尔解释说：几天来，每天早晨，克劳斯都在靠近游艇码头的运动场上跑五圈，她当计时员。成绩出色，五分十一秒，所以克劳斯觉得自己是个赛跑的天才；两千米跑了五分十一秒，这相当于俄国人今年所创的最佳成绩。但是，今天早晨，克劳斯从一个练自由体操的讨厌的老家伙那里听说，跑道不是恰好四百米，而只有三百米，这么一来，克劳斯不是跑了两千米，而是只跑了一千五百米。她真想把这个练自由体操的玩世不恭的家伙杀了。他就不能把这通胡说八道忍住不说吗？克劳斯嘟囔着：赫尔穆特,现在只求你告诉我,物理老师在大楼底层总是嚷叫什么?赫尔穆特一时语塞。哎呀,赫尔穆特,克劳斯呻吟着,露出一张由于痛苦而变了形的脸。他说,物理老师,他总是吼叫:底层是我的、底层是我的领地之类的话。我需要这句话。倘若你还没有完完全全记住这句话,那你就什么也没有记住。把一个词用错了地方,那这句话就是空的、死的。一旦你把词用对了地方,芝麻,开门吧,老师站在那边,吼叫着,你站在另一边,一切都历历在目。赫尔穆特,现在请你帮我想想吧。

赫尔穆特!现在请你们帮他一下吧,你们没看见,他多么痛苦吗,海尔说,他在回忆中,由于缺氧,脸色已经变得发青了。

赫尔穆特机械地说着:整个底层归物理课使用。对了,哎呀,对了,克劳斯·布赫吼叫着,跳起来,拥抱着赫尔穆特并且呜咽着,不住声地说着,就是这么说的。他如醉如痴地重复说着:整个底层归物理课使用。赫尔穆特的目光越过克劳斯·布赫的肩头,朝海尔望去。他想向她暗示,是她引导自己,想起那位早已故去的物理老师二十年前讲过的话。克劳斯幸福地嘟囔着:叫侍者。赫尔穆特简直像是报警似的吼叫着:算账,两下一起付!

克劳斯把一只手横放在眼前,遮住自己的双眼。他装出一副不愿充当不幸事件目击者的样子。海尔一边做作地装作母亲似的抚摩着克劳斯，一边说，现在哈尔姆夫妇可严重地伤害了克劳斯。这时，她突然讲起了一口古怪的施瓦本方言①。克劳斯动了气，用手捂住自己的耳朵。海尔又操着提高了声调的怪声怪气的施瓦本方言说，要是自己模仿他家乡的语言，会使他难受得不得了。克劳斯从座位上跳起来。接着，海尔以同样怪腔怪调的巴伐利亚方言说，克劳斯是个发疯的笨蛋，倘若她现在有一台钢琴，他就不会这么装腔作势了，就会乖乖地站在她面前。她在用巴伐利亚方言说这番话时，脸上露出一副恶狠狠的凶相，仿佛这种方言就要求这副样子似的。现在，克劳斯就站在她面前，瞪着她，仿佛想对她施魔法。她擦着他的眼睛并且说道：别这么看人，老兄！克劳斯说：你不再爱我了，是吗？她亲吻他。现在终于可以走了。

布赫夫妇试图说服赫尔穆特和萨比勒一起去打网球，结果毫无所获。于是，他们说，好吧，那么一同去徒步旅行。布赫夫妇八点来找哈尔姆夫妇。赫尔穆特尖声叫嚷起来，九点来。坐汽车来。布赫夫妇还说，由于哈尔姆夫妇十一年来，一直来这个地区度假，所以肯定了解徒步旅行的各种路线，赫尔穆特

---

① 施瓦本地区，包括博登湖地区的西部、巴尔高原以及多瑙河和内卡河上游区域。

今天晚上应该想出个好去处。

赫尔穆特躺在他们底层住处的笔直得出奇的栅栏后面，心情又变得愉快起来。幸好萨比勒立即伸手去取瓦格纳著的《我的一生》那本书，幸好她没有想来抚摩他。他希望，她像他躺在她身边那样，躺在他身边。这是对生活的一种偿付，需由他们两个人才能完成。倘若他能肯定，萨比勒的心境同自己一样，他现在就会说，躺在这隔绝的住宅里，有多么惬意啊。他想说，倘若现在他们和布赫夫妇同住一幢房子，那该多么可怕啊。倘若那样，萨比勒就会问为什么了。接着也许就会暴露出，萨比勒的心境并不像自己的那样。

赫尔穆特想起十二年前的一个夜晚：那是他们最后一次在意大利度假，在科罗多的一家旅馆里。当时，他们正欲交欢，他听到从隔壁房间传来一阵声响，就像一只巨锤在捶打着床。每一次捶击都透过整个床垫，发出清脆的声响。由于推测出锤子捶击的冲击力，这声响不由得让人吃惊地想到急速捶击的直接后果。赫尔穆特立刻感到，只要隔壁房间的那个家伙这样不停地捶打，他就无法把握住自己的节奏。他觉察到，萨比勒也在倾听隔壁房间里的动静。她肯定、肯定、肯定在责备他不是这样的一把锤子。他们俩躺着，聚精会神地倾听着，一个男人会干出什么事情来。赫尔穆特认为，这是不可能的事。要他数一下有多少次捶击吗？他感到热得让人窒息。他非常害臊。他错了。隔壁房间的那家伙顺应时代潮流。过去，要是这么干，良心上准会受到谴责。今天，谁要是不符合这个时代和社会对性欲的规定，那他就会几乎不断地受到谴责。图文并茂的印刷品操办这些事情。你现在逃吧。可又逃向何处呢？干掉他们。掐死他们。然而，他的手却一动也没有动。他觉得，似乎捶击了很长时间，简直永无休止。他不再喘气，也屏住了呼吸。事后，他也曾对自己说，整个过程也许只用了十一或二十一分钟，或者最多二十九分钟。但是，在整个过程中，都让人感到好像永无休止似的。倘若他至少能想出哪怕一句话来，使萨比勒和自己得以从单纯的倾听的吸引力中解脱出来，那就好了。然而，他什么也没有想出来。他们入迷地倾听着，直至结束。现在，倘若他们同克劳斯和海伦妮睡在同一家旅馆里，萨比勒肯定会想象得出布赫夫妇此刻正在做什么，他们会不由自主地把克劳斯·布赫同那次在意大利旅馆的经历联系在一起，而且会认为，克劳斯·布赫就是那天的那个家伙。这两个家伙非常喜爱那种起伏动作大的性交方式。不管这是什么方式，赫尔穆特心想，都和我无关。但是，萨比勒会怎么想呢？萨比勒使他受到伤害。他想比试一下功力吗？倘若人们不想被认为是阳痿，就必须达到一定的次数。每当他在印刷品中读到这些数字时，便感到自己如同受到谴责一般。已经有好几个月了，他觉得自己已毫无兴致来满足自己的性欲。为了不被认为患有阳痿，印刷品上还公开规定了与妻子同房的次数，这使他感到反感和恶心。一旦他感觉自己有性欲要求，只需想一下印刷品上那些可怕的宣传，他的激情便消失得无影无踪。他希望这种感觉会很快过去，但是，在他没有和萨比勒进行交谈之前，一切依然如故。当他想到她那边去时，该早点告诉她，自己发生了什么意外。他刚一想起她，就想要抚摸她；可突然他又记起了什么，妨碍了他去那样做。这时，他觉得，无论是自己翻滚过去，或把手先伸过去，还是直接问萨比勒，或两人讲些诱惑性的话，都非常可笑。他觉得，没有比受性欲支配或以性欲为目的的动作更可笑的了。他觉得，这可能与公开介绍这些动作方式有关。想吗？是的。做吗？不。他不敢期望自己不再有这种需求。也许这一直是一种公开的伤口。他至少得告诉萨比勒，只要他不知道她是否安静地躺在自己身边，他就无法安静地躺在她身边。他想给她一个暗示，所以小心翼翼地把手向她伸去，把手放在她的肩膀附近。他并不羡慕克劳斯·布赫此刻肯定正在干的事情。真的不羡慕吗？对那些流传甚广、轰动一时的事件①，他没

---

① 指在学校中进行的性教育。

有表示过自己的态度，没有表示过完全肯定或完全否定的态度。在学校里，他继续大声地宣布提高性欲的公开规定。他不是被看成很进步的吗？这是个他挽救了的隐匿自己身份的领域。他被看成很进步。他为自己引经据典，搬出了享有言论自由的权利。在自己的家庭和内心生活中，他肯定用不上自己在学校里所制造的假象。就像学校给每个人打个人分一样，难道提高业余时间里的性欲的规定，还不该把每个人的性欲活动，都变成每个人自己的事情吗？他认为自己有理由，如社会所希望的那样，在学校里对缺乏性欲进行谴责；而在家里，则如自己所期望的那样，对性欲进行谴责。这毫无反对《法兰克福汇报》《图片报》以及议会和学校之意。如果没有假象，人们该怎样来承受生活的压力啊！他发现，仅仅试图离开假象的管辖区域，哪怕只有一眨眼的工夫有多么艰难。你立刻便感受到谴责。还是赶快回到赞同性欲、赞同业余时间和赞同制造假象的人中去吧。但是，要一再地摆脱这种诱惑。除了萨比勒之外，还无人发现这点。她甚至必须一起参与，否则这种假象便不会消除。在学校里，他要继续制造人们所要求的假象。但在家里，他将不克制自己。他为自己后来所达到的状态起了个名称，叫作：极端的懒散。这是自己最喜欢的一种情调。在这种情调里，他怀着一种赞许的心理，感受到自己的全部重量的存在。他怀着一种赞许的心理，感受到这重量有一点汗津津。他怀着一种赞许的心理，也感受到那种沉甸甸、汗津津、死尸般的苍白颜色。他，一具沉甸甸的、流着汗的死尸，这便是他最喜欢的那种极端懒散的情调。如何把萨比勒拉进这种情调里来呢？也许，她还生活在未经削弱的假象强迫她承担的义务之下。必须从反面向她介绍一种概念。由于她自己的社会义务或者由于为制造社会假象服务的义务，她也许会说，这是奢侈。他发觉，自己的厌恶情绪恰好指破迷津。他运气真好，这会儿正有厌恶情绪。他隐蔽自己的见解。他对误解感到欢欣。欺骗，这不正是所有必要事物中的精髓吗？这正是制造假象的目的！就他所显示出来的欺骗能力和对此的乐趣而言，他不正是今天这里所有一切期望的化身吗？一个孤独、奢侈、古怪的化身！他是代表！他是个最典型的典型！他是个范例！好了。他进入自己极端懒散的情调了吗？他现在享受到了它吗？几乎进入和享受到了，是的，几乎进入和享受到了它。

很可惜，这种优美的情调对温度非常敏感。必须温暖。他必须保持温暖，一丁点凉意就会葬送了一切。他的脚还一直冰凉，这妨碍着他。如不发生什么不愉快的事情，那就要进入这种情调了。他不明白，为什么自己的脚热不起来。脚冷得疼痛。他穿上短袜。萨比勒还在阅读她那本瓦格纳著的《我的一生》，并且询问他怎么了。脚冷,他毫无顾忌地说。与其说短袜使他暖和,还不如说使他更加感到脚冷。该死的化纤织品,他边说着,边脱下袜子并取来自己的纯毛毛衣。他把脚包在毛衣里。他用一只脚摩擦另一只脚,终于感到两只脚都热乎了。尽管如此,他的每只脚仍还感到一种冷得刺骨的疼痛。

萨比勒把书放到一旁,伸过一只手来。他急忙握住她的手,想把手推回她的身旁。然而,她立即又将手伸过来。别打搅我,她说。他觉得,她不该用这种腔调说话。于是,他让她把手放在自己的肩膀上,而把自己的手抽了回来。为了重新摆脱现在纠缠着自己的手,他正想悄悄转个身。但是,萨比勒发觉了他的意图。显然,她的注意力全集中在放在他肩膀上的手上。这只手是她的一个花招,它向她泄露,他是否上钩。他不会上钩的。她一定是想起什么了,现在才突然又干起了这种事情。他倒是认为,离开了她的赞同,无法完全达到诱惑的成功状态。倘若她用自己的手继续这样诱惑下去,那他可一定要问问她,她怎么恋情复萌了。事实上,也别无他法。她已欲罢不能。倘若他一言不发,那么她准备好了新的步骤;倘若她的欲望增强,那他也许必须付出代价。也许早就该谈谈了。萨比勒,现在这是怎么回事,他平静地问。她以声响作答,他倒宁愿没听见这些声响。屋外电闪雷鸣,还有一场夜间的雷阵雨。倘若她已经深深地沉溺于感情之中,也许会把这场雷阵雨看成是一个吉兆,或许甚至把它看成是一场挑战。然而,萨比勒并非是瓦格纳的崇拜者。她说,以后我要问问克劳斯,他是否愿意与我同床共枕。天呀,这就是女人!他心里想着,但没说出声来。他尽可能慢腾腾并温和地说道:小点声。现在,他抚摩着她的头,只抚摩着她的头发。她明显平静了下来。注意力转移了。突然,外面一阵雨劈劈啪啪地浇下来。他把这视作解决的信号,慢慢地抽回自己的手,把腿蜷曲起来,尽可能缩成一团,把膝头和下巴贴在一起。他感到,自己近年间过着独居的生活。萨比勒,他想着,你听见我的话了吗?从前,他伤害过她的感情。他无法再动弹。他吓呆了。他们相互离得很近,他感受到自己使她遭受的每一次伤害,仿佛倒是她给自己造成了伤害似的。过了许久,当他确信萨比勒已经睡着后,惊恐才消除。他想起,自己也该入睡了。

他梦见自己躺在棺材里辗转反侧,虽然周围漆黑一团,但印象中棺材缺一面板。这印象颇为强烈,他的一只手开始动起来,朝缺板的地方摸去。实际上,那里没有板。手立即更迅速地朝高处摸去。棺材盖还在。在缺棺材板的地方,手胆怯地朝外摸着。手摸到了一层台阶,他必须撑起身子,来到棺材外面的台阶上躺着。那上面躺不住人,不管他愿意与否,照样从台阶上朝下滚动着，最后躺着一动不动了。但现在清楚了，他是待在一间大厅里，从这里可以走出去。他对这一点感兴趣。他知道，自己要回到日光下，回到人们中去。他知道，只有一个条件：倘若一个人认出你来，那你就完了，永远完了。他吓醒了并冥想着新生活。

六

差五分钟九点，赫尔穆特和萨比勒就站在大门遮雨檐下，一边等候，一边观看着野蜂在花蕊里采蜜。赫尔穆特取笑野蜂的小精囊。他想在布赫夫妇来到之前，先把萨比勒逗笑，可他没有办到。直到漂亮的老式银色奔驰230双排座轿车拐弯朝这边驶来，她才露出笑容。夫人们只好坐在狭窄的后排座位上。赫尔穆特说，夫人们知道这样挤挤，颇使他满意。克劳斯·布赫说，也许昨天夜间读萨德的书太多了吧，所以你也没有把自己折磨人的四条腿的伙计留在家里。赫尔穆特说，倘若它伸嘴去咬克劳斯正在换挡的手，那肯定要闯祸，最终将是一场灾难。那我们把它留在家里吧，萨比勒说。海尔说，现在别闹别扭了，开车。

你不再爱我了，是吗？克劳斯以一种绝望的语调说着。究竟去哪里？去最高峰，赫尔穆特说着并指示着方向。

然而，克劳斯无法用手去握操纵杆，因为他害怕奥托会趁这时候去舔他的手。我们把它留在家里，萨比勒喊着，她几乎是在嚷叫。海尔叫得更响：我来开车。克劳斯·布赫只好坐到后面。海尔没戴眼镜，萨比勒把自己的眼镜递给她。海尔试了试眼镜，大家都觉得挺合适。克劳斯说，眼镜使你的脸形变得好丑。海尔抚摩着奥托。这使赫尔穆特感到愉快。他说，你身后的背景是天堂。

他答应领大家去美丽寂静的乔木林漫游，然后一览福拉尔贝格周围的景色并远眺伯尔尼。他感到，此时自己说话的声音变响了许多。在森林中走路就像在教堂里一样，只不过光线更生动、空气更清新罢了。这些是森林最重要之处，是它们让人产生一种广阔无际的古老感情。

在利姆帕赫，他让汽车停住，自己跳下汽车。突然，他为连自己都感到陌生的一种激情所袭扰。他搞不清楚，自己和萨比勒是否从这个地方出发去漫游过，但他想做出一副很有把握的样子。他让大家下车。好了，从这里出发步行，进森林。他离开沥青公路，拐进森林。走了五分钟后，林中的矮树丛变得异常浓密，人无法穿行。奥托窜出林子。大家跟在它后面。这时，天下起雨来。由于在林边和草地间走路仍旧很困难，大家又在赫尔穆特的率领下，横穿过草地，朝一排树跑去，树木旁边立着个十字架。赫尔穆特希望能在这里等到雨停，然后走条小路继续去漫游。这排树下有一条长椅，他们坐在椅子上。赫尔穆特不知道他们究竟到了什么地方。克劳斯·布赫想起来，他们刚下车时，自己就曾问过，假如下雨该怎么办。当时，赫尔穆特曾说，那我们穿过美丽的、高耸的、明亮和清香袭人的、无边无际的森林。可现在，美丽的、高耸的、明亮和清香袭人的、无边无际的森林又在哪里呢？上边不远处有这样的一片森林，赫尔穆特说。他已经不是在说，简直是在喊叫了。他竟然激动起来。有多远？三百米左右，我的天哪，现在是否已经到了为每一米都必须争斗一番的时刻了？反正一会儿雨就会停。好啦，克劳斯·布赫说，请说说看，雷雨是从哪边过来的。大家都注视着他。赫尔穆特说，从西边过来的。他说话的语调中，流露出对提问者的耐心和原谅。

克劳斯·布赫说，恰恰相反。他说这话时的语调，正是人们说上当了时所用的语调。克劳斯·布赫说，赫尔穆特刚刚说，雨一会儿就会停，因为他只看了晴朗的西方。但是，只要把手指头放到嘴里沾一下，并把它迅速迎风举着，立刻就会知道，今天的雷阵雨是从东边吹过来的。我只告诉你们一条，我们现在立刻就跑开，十分钟后雨会下，我们不能再躲在这里了。夫人们问，可是我们该朝哪里跑呢？她们竟然问起克劳斯·布赫来。他说，在树冠的后面，他发现了农舍的屋顶。他已经先跑开了。夫人们跟在后面。奥托跑在萨比勒的身后，于是，赫尔穆特除了跟着大家跑之外，再没有别的选择。

雨水和汗水把人搞得浑身上下湿漉漉。他们站在谷仓门檐下歇口气。克劳斯·布赫早已先于夫人们和赫尔穆特跑到了这里，现在正朝他们笑着。他似乎一点都没有气喘吁吁。他喊着，在这种雨天里，森林可真不是最坏的去处。雨越下越大。乌云还在朝这边涌来。除了把上身衣服脱下来，光着上身朝上面跑之外，没有别的办法。这样到了上头，也许还有干衣服穿。他一边说着，一边把衣服脱下来。海尔也跟着脱光了上身的衣服。赫尔穆特心想，但愿这时没有人从院子里走出来。因为海尔没戴乳罩，所以当她脱下外衣和衬衫后，上身便一丝不挂了。此时，她的乳房比在帆船上时显得更加引人注目。赫尔穆特又只是瞥了一眼。他和萨比勒都说，他们总是穿着衣服在雨中行走，他们习惯这样，有什么比温暖的夏日之雨更美好的呢？

克劳斯开始跑了。他们跑到了公路上。在公路上急行向上，朝观光饭店走去。等赫尔穆特和萨比勒带着奥托抵达时，克劳斯·布赫早已经梳理完毕，精神十足地站在门口恭候了。赫尔穆特很快就让汗水和雨水湿透。他气喘吁吁。萨比勒的样子也很可怜。克劳斯·布赫笑着说，好在是赫尔穆特自己筹划的这次漫游。赫尔穆特尽可能愉快地说道：啊，对，是我自己筹划的。克劳斯·布赫又说，你原计划上这里来，还是到别的什么地方？赫尔穆特微笑着注视着这个嘲笑者，心里想，倘若这家伙现在稍稍感到一丁点我的仇恨，他就会立即滚开。他一面友好地拍着克劳斯·布赫的肩膀，一面说道：当然是我自己筹划的。然而，天气、方向、所有外部事物，在我这里都变成了灾难。倘若以色列人民依靠我的话，那么他们至今也许还居住在埃及。

谢天谢地，他重新恢复了自制。在雨中急行时，他厌恶地想起了自己无法掩饰愤怒的那几秒钟。他觉得，没有比在他人面前做这样的公开亮相更令人作呕的了。像生活乐趣这样的事，在他身上确实只来源于表里不一的经历。他的感受和他脸部表情的区别越大，他的兴致就越高。只有当他似乎是并且的确是另外一个人时，他才有生命；只有当他过着双重性格的生活时，他才感受到自己的存在。一切直接发生的事情，不管是发生在自己身上或在其他人身上，他都感到不卫生。倘若他不由自主地发作起来——不管是生气还是高兴，反正都一样——过后便经常有一种令人惊慌失措的伤感向他袭来。他觉得丧失了自我。现在，每个人都可以随心所欲地捉弄他。有时候，度假公寓里的人听到男主人的吼叫声在房子里回荡。听起来，仿佛齐恩博士由于劳累，马上就要惨死了似的，是劳累引起的这吼叫。每次遇到这种时候，赫尔穆特都几乎在心中发誓：自己可千万别这样！千万别这样！他练习了对付各种感情发作时的应急措施，练就了一种看上去也许有点笨拙的喜悦表情。现在，他也把这种表情运用到了观光饭店的门口。

克劳斯·布赫领赫尔穆特和萨比勒去盥洗室。突然，人们听到钢琴响亮的演奏声。克劳斯·布赫愣着站在那里，挡住了身后赫尔穆特和萨比勒的去路，使他们无法继续前行。他的脸，尤其是嘴在抽搐，舌头在嘴唇后边前后来回抽动，仿佛要在上嘴唇的什么地方打洞似的。萨比勒说道：《漫游者幻想曲》。克劳斯·布赫朝门外跑去。赫尔穆特走进饭店。海尔坐在钢琴边，弹奏着。后来，萨比勒朝她走过去，向她说了些什么。她停止了弹奏。当她从他身边走过时，赫尔穆特说道：弹得真好。萨比勒和赫尔穆特跟随在她的身后，也朝门外走去。他们看见，克劳斯·布赫以一种几乎疯狂的速度，横穿过草地，向远处跑去。突然，他绊了一下，改变了方向，他继续跑着，朝一棵树奔去。他倚着树干，把双手插进裤兜里，独自张望着。海尔说道：你们先进去吧，我们过一会儿进去。然后，她几乎迈着沉稳的步伐，目不转睛地盯着克劳斯，向他走去。

赫尔穆特和萨比勒从盥洗室出来时，海尔和克劳斯还没有进来。但是，在哈尔姆夫妇喝汤前，他们回来了。这幸福的一对微笑着，偎依着走来。他们身上虽然淋湿了，看起来却英姿勃勃。大家喝过汤之后，克劳斯·布赫问：到最高峰还有多远？赫尔穆特说：已经到了，上边就是。这时，克劳斯·布赫突然发出一阵狂笑，笑得不得不站起身来。最高峰，他一再重复喊着，最高峰，海尔，你说呢，我们已经登上最高峰了，我简直要把这座山命名为世界最高峰了。

当着侍者和其他显然到山上来度假的客人的面，这使赫尔穆特尴尬异常。即使只当着克劳斯一个人的面，这也够使他难堪的了。赫尔穆特感到，克劳斯内心并不觉得把这座山叫作最高峰有多么可笑，这并不像他所表现出的那么可笑。他倒想认为，这比自己所觉得的还要可笑些。海尔受到克劳斯的感染，不由自主地笑起来，她的笑声尽管又高又响，但听起来要比克劳斯的笑声做作得多了。

她说，哈尔姆夫妇，请不要误解，她和克劳斯觉得，漫游的时间不可少于六小时，所以一小时就到达了目的地的漫游，使他们感到非常可笑。赫尔穆特说，天气好时，这里四周的景色极为壮观。这时，克劳斯·布赫又想笑，海尔叫道：克劳斯，请你别这样，你这样笑，赫尔穆特要伤心的。

他试图使个她无法理解的眼色。他想给人一种困惑不解、冷酷无情和难以捉摸的印象。他感到，自己并未如愿，因为他突然只盯着她那小巧的鼻子端详起来。他不会丧失理智。二十岁时，他渐渐有了一种感觉，这种感觉便是：你将不会丧失理智。他发觉，萨比勒发现了他在沉思。他从内心深处朝她点头说道：味道好极了。

克劳斯·布赫大骂饭菜质量差。第一，他觉得油炸的裹层太厚；第二，尽是猪肉；第三，沙拉简直是烂污。他丝毫不顾及女侍者的情面。她就站在旁边，好像很不高兴，在她做得高高的头发下面，是一张灰暗阴沉的脸。当她挨够了责骂，最后一言不发地转过身去、艰难地走开时，海尔小声地说，女侍者那条老式的超短裙真值得一看。这正是四周的壮观景色嘛，克劳斯·布赫说着，发出扑哧扑哧的笑声，海尔也不由得笑了起来。两人笑得把刀叉都掉到了盘子上。赫尔穆特和萨比勒却只好正襟危坐，不得发出半点笑声。萨比勒至少还试图做出一副狡黠面孔。赫尔穆特试着用一种完全打趣的腔调说道：孩子们，放规矩点。海尔以喜悦的目光注视着他并说道：是的，爸爸。赫尔穆特试图操着这种腔调继续说下去：否则就要挨揍啦。他眼睛盯着海尔，对于说这么一句简短的话来说，他注视的时间也许稍嫌长了一点。

萨比勒说：天好了。

现在，克劳斯·布赫显然准备对一切都一笑置之。在他又要笑出来之前，海尔说道：小声点。

赫尔穆特把侍者招来，要付账，他说，菜的味道很好。侍者说，一共五十四马克二十芬尼。赫尔穆特说道：六十马克，不用找了。他根本不理睬克劳斯·布赫夫妇想付款的要求。

赫尔穆特想至少在返回的路上，还要让大家见识见识森林。于是，在饭店下面不远处，他拐了个弯，离开了公路。他们走进了一片辽阔的森林。赫尔穆特倒是很乐于听到有人谈论什么高耸的树干、绿色的光线或林中的清香。

突然，奥托不见了踪影，任凭赫尔穆特和萨比勒百般呼唤，它也没有跑回来。海伦妮把四个手指伸到嘴里一吹，森林中响起了巨大的回声，奥托立刻跑了回来。赫尔穆特感到，海伦妮·布赫了解森林。她能否让森林再这样回响一次？从快进林子经过一片庄稼地时起，克劳斯·布赫就一直在咒骂农民。他说什么今年仅巴登—符腾堡州的农民，就将捞到六亿五千万马克旱灾款；还说人们应该来看看这片土地，看看土地情况如何，看看一个个麦穗儿都长得多么饱满。他们在从湖边到这上边来的路上，可曾在什么地方看到过干旱的灾情？反正他没有看见。但是，这些骗子捞啊捞啊。他之所以这样说，只是出于嫉妒。

从骗得的六亿五千万马克的款子中,他没有拿到一个马克,这使他感到悲哀和绝望。他说,自己并没有受到参与分赃的愿望折磨,而是根本容不得半点欺骗。他是一位专门办理专利事务律师的儿子。海尔·布赫用一种与其说是掩盖、倒不如说是强调的做作的腔调说道:于是,德国人民让别人美滋滋地供养着自己。她和自己的丈夫在东方国家的旅行中,一再看到,那儿的农业持续好几年没水也行,因为农民们因干旱而改种了耐旱作物。一名土耳其农民可绝不会想到去骗取旱灾款项。

赫尔穆特问,十年或二十年才遇上一次旱灾,因此,要求德国农民改种耐旱作物是否有些过分。他希望,自己可惜没能憋住的这句话,至少能从腔调上听得出来,他本意是友好的。他简直气极了,因为无人称赞森林。这真是一片样板森林。在这片散发湿润气息的树林里,这个克劳斯·布赫竟对旱灾款大放厥词。如同他自己所承认的那样,今天早上,他才第一次在报纸上读到有关这些旱灾款的消息。海尔·布赫忘却了森林,立即试图来帮助丈夫的明显弱项。而他没有激动地同意他们所说的蠢话,还总是那么天真并批评他们。只有同意,你才能解脱。从理论上来说,这点你是清楚的。我的天哪,现在要是能单独与萨比勒在一起,该多好啊。每次,他们自己漫游时都很少开口讲话。最多,萨比勒只是讲一句两人本来都看到的事物。

当他们站在一条长凳前，她便会说，一条长凳。当他在想，天气不会变时，她便说道：我不相信会下雨。而过后，下雨或不下雨，都完全无所谓；因为一个人说什么，或说过什么，或有朝一日将说什么，也完全无所谓。通常在这种时候，他都稍稍提高嗓门说道：啊呀，萨比勒，你是我唯一的亲人！

他们穿过下霍姆贝格。一群猪崽越过已被它们吃光了草的地迎面跑来。奥托狂吠着。他们随手拔起铁丝围栏外的青草，喂这些瘦小的猪崽。赫尔穆特开始喂猪崽。由于漫游者所拔的草数量有限，而且把草从围栏上扔过去时，又总扔得不远，所以猪崽全围挤在带电的铁丝围栏边上。挤在最前边的猪崽红润的拱嘴，总是遭到电的击打。红润的猪拱嘴，倒使赫尔穆特想起了海伦妮的乳头。

他们正要走出村庄，这时，听到身后传来一阵惊叫、呼喊和马蹄的响声。他们马上闪到一边。一匹马狂奔着穿村而过。与马相比，房子显得小了。这也许是因为马在飞跃奔跑的缘故。马头局促不安、执拗地转向一边；房子之间传出隆隆的声响。马的两条前腿同时上下起伏，就像是捆绑在一起似的。有一个男人想要拦住马，但是，因为马并没有因拦截而减速，所以在最后一瞬间，他不得不向一边跳开身去。突然，马在他们和居民点之间站住不动了。跟在马后面奔跑的两个男人追上了马。

那个似乎是马主人的男人先走到马的前头，苦苦向它说教，从前面朝它接近，想抓住马笼头。然而，正当他的手接近马头的一瞬间，马把前腿高高抬起，重新开始奔跑起来。马发出劈劈啪啪的放屁声，飞快地从漫游者的身旁跑过。赫尔穆特使劲拉住奥托。也许是由于它的狂吠，马才变得更加疯狂。这是一匹漂亮的栗色马，鼻梁上有块白斑。在空旷的道路上，马显得越来越大。克劳斯高声怒骂奥托：闭嘴，野狗！他把自己的上衣扔给海尔，追着马跑去。海尔低声地喊着：别，克劳斯……克劳斯！

马在远处重新停了下来，啃着草地边上的青草。这时，克劳斯也放慢了自己的脚步。离马越近，他走得越慢。后来，他绕了一个大弯，从侧面向马迂回。最后，人们看到，他伸手去抓马鬃并坐到了马背上。马重新奔跑起来。但是，克劳斯坐得稳稳当当，宛如贴在马背上。由于道路在林间蜿蜒并且是下坡路，不久，人们就再也看不见克劳斯和马的踪影。这时，村子里的人们来到了赫尔穆特和夫人们的身边。有个农民说，那个男孩子不该这样做。现在，栗色马会格外撒野，它将一直奔跑到累得跑不动为止，那男孩将无法使马停下。也许不知在什么地方，栗色马会把那男孩子从马背上掀下来。

显然，那个农民把自己从远处看到的克劳斯，误认为是赫尔穆特和萨比勒的儿子了。

当克劳斯跃上马背之后，海尔就转过身去。现在，她还背着身子站着。萨比勒朝她走过去。克劳斯骑着栗色马，已经从林间弯道处拐了出来。栗色马走过来，站住了，人和马都浑身汗淋淋。海尔跑过去，大家都跑了过去，只有赫尔穆特站在原地没动。奥托又狂吠起来，似乎也必须把它牵得离马尽可能远些。克劳斯把马交给了它的主人。那个农民说道：要是没把马制服，那可就糟了。克劳斯笑着说道：不会制不服的，这可是一匹乖马，它肯定只是因为马蝇的叮咬而受惊奔跑。那个农民摇着头，似乎对克劳斯的插手还一直耿耿于怀。后来，人们相互道别，各奔东西。当他们重新单独在一起时，大家纷纷向克劳斯表示自己的敬佩。他一边把手臂放到海尔的肩头上，一边说道：你看，倘若我在湄兰①没拦过马，那我在这里就会怕它了。他向赫尔穆特和萨比勒解释，湄兰的那匹马，只是一匹哈夫林格马②。刚才海尔想拉住我。当时，我只想到，那是一匹脱缰的惊马。那个农民犯了一个大忌，他从前面向马走去，并且向它进行说教。你不能拦住一匹惊马的去路。惊马肯定有一种感觉，它要保持自己道路的畅通无阻，还有：一匹惊马可不是

---

① 奥地利地名。
② 一种产于奥地利的小而矮壮的马，多用于拉车和驮物。

好说话的。克劳斯挥手做着漂亮的动作,语调铿锵地讲着。这会儿,海尔好像比他更加矮小了。赫尔穆特狂热地赞同克劳斯的看法。没错,他喊着,就是这般道理。萨比勒说道:你究竟是从哪里知道这些的?啊,他说,你可能完全忘记了,我还是一名老骑手呢,是不?

天又开始下起雨来。由于赫尔穆特无法允诺找到一处避雨的森林,克劳斯·布赫又赤裸起上身,跑去开汽车。

赫尔穆特走在海尔和萨比勒之间。海尔和赫尔穆特,他突然觉得,这两个名字像制造出来用于联接的两件工具一样。倘若他有什么要说的话,他将称她为海伦妮。他们从一群工人中间穿过。尽管在下雨,但工人们没有中断自己涂焦油的工作。有一瞬间,赫尔穆特希望,这样铺上去的沥青,只是外表上看起来像是真正的沥青,而不久将重新溶解在碎石和卵石里。他希望,工人们也只制造假象。

大家稳稳当当地在汽车里坐好,萨比勒说道:克劳斯,你救了我们。克劳斯朝海尔说道:你不再爱我了,是吗?而这次的语调里,却透着愉快、自负和讽刺。她亲吻着他,不住声地说,他救了大家,救了所有人。赫尔穆特表示赞同,用比夫人们更响亮的声音来称赞克劳斯·布赫。现在,克劳斯不再害怕奥托的嘴了。赫尔穆特理解这一点。

赫尔穆特无法再聚精会神地听别人讲话。他正在失去依靠。他不得不再次目睹自己在一幅不愉快景象中的处境。他想，所看到的同客观存在的毫无共同之处。他看见自己躺在一块正被水淹没的岩石上。他，赫尔穆特，几乎再也找不到可以用手抓住的地方，然而波涛却丝毫不见减弱。将会有什么样的结局，这已是毫无疑问的了。尽管如此，他仍旧用手紧紧抓住岩石。因为结局已定，他这样做，只不过是在延长着斗争的痛苦。由于嘴巴张开着，他清楚地感觉到自己在呼吸，并像在十九世纪那样，将目光望着上方。这种想象一旦结束，他便立即感到自己在流汗和发冷。他不知道，这是怎么发生的，但是他感到发冷，同时却又在出汗。他无法说，自己是否真的在出汗和发冷；他也无法说，自己是否把出汗和发冷只当成一种想象出来的感受。

萨比勒和赫尔穆特下车时，克劳斯递给他们两本袖珍书。一本是他自己写的，另一本是海尔写的。赫尔穆特说，要依着我，现在下一场大冰雹才好呢。我非常想看这些书，今后几天将闭门读书。克劳斯·布赫说，你这样做摆脱不了我们。大家二十三年相互没见过面，然后赫尔穆特却又想马上偷偷地溜掉。克劳斯·布赫说，今天晚上八点半，他们来接哈尔姆夫妇。不能不去。今晚由他负责安排。不要顶嘴。

他们乘车离开。赫尔穆特跑进房间去，往沙发上一躺，呆望着天花板。他真想大哭一场。萨比勒装作不理解他的样子。他并不相信她那一套。奥托沉浸在他轻轻抚摩和搂抱的喜悦里，这使他感到快慰。

他看出来，萨比勒想要说点什么，所以他跳起身并说道：现在，我要去淋浴一个小时。

当他从浴室出来时，萨比勒指着克劳斯的书说，克劳斯用恺撒名字的第一个字母 C[①] 写自己的名字。

他说，这太妙了。

七

差一刻八点半，赫尔穆特和萨比勒站在大门口的遮雨檐下，饶有兴致地观赏着齐恩夫人繁花似锦的花园。此时，倘若齐恩夫人突然出现，必定会对他们的兴致感到高兴。有一次，齐恩夫人对赫尔穆特说，度假公寓窗前围着的栅栏使她感到很不自在，所以她种上了福禄考、毛地黄、毛蕊花，并且特意种上了高大的锦葵。赫尔穆特说，一旦看惯了这些栅栏，就会视而不

---

① 克劳斯名字的第一个字母，一般用 K 开头，也可用 C 开头，后者显得高雅。

见；倒是绚丽的花朵，却会天天现出奇观，引人注目。

他避而不谈每天看到窗前毫无装饰、笔直的栅栏时的满心喜悦。每年，当他们返回自己在西伦巴赫的小房子时，他便惘然若失，不由得想起度假公寓的栅栏。那时，没有栅栏的窗户使他备感寂寞、空虚。

带有施塔恩贝格号码牌的汽车刚开过来，赫尔穆特和萨比勒便朝花园的小门奔去。赫尔穆特想阻止克劳斯踏进齐恩家的地面。

他不久前穿戴的蓝色衣着，现在都换成褪了色泽的淡红色装束。

好像只有皮带和凉鞋还是原来的。

海伦妮赤裸着上身，外面披了一件黑色的衣服。他们在自己下榻的旅馆里预订了一张桌子。坐在桌旁，隔着玻璃窗，便可以直接望见湖面。所有的桌旁都坐满了像他们那样的三三两两的人。侍者往来不停。赫尔穆特心想，太空虚了，现在喝吧，忘了一切吧。但是，克劳斯·布赫想最终搞清楚，自己对浪漫主义的古怪的哈哈先生竟变成了一个工作狂的怀疑，究竟是否有根据。赫尔穆特点着头。放规矩点，克劳斯·布赫说，我不相信你。萨比勒，赫尔穆特说，你怎么看这个问题？萨比勒说，赫尔穆特不断工作，然而他的工作方法却不是每个人能马上理解的。他确实经常看书,看起来像是在研究,可在她看来,这倒不如说是生活。这就是说,在这方面得不出什么结论来。也许这样做还不是有意的。通过阅读书籍,他已经改变了自己。看完一页书,他已经不是原来打开这页书的人了。赫尔穆特小声赞许地吹着口哨,无论如何他是在不断地起变化。这是她见到的。不管怎么说,她已经好长时间再也跟不上他了。是在改变自己的速度上跟不上,赫尔穆特逐渐取得了速度。是啊,他本来可以安安稳稳地再吹一次口哨,但他插话了,他宁愿用六十四把小提琴给她的咏叹调伴奏,但是他只有两片干渴的嘴唇,连克劳斯都不会拒绝给这两片嘴唇发放旱灾款。萨比勒断然地说,她觉得,他改变自己的速度,有时竟然到了无情的地步。她印象中,他对她能否跟得上变化,好像全然无所谓。赫尔穆特淡淡地说着,仿佛他并不是在说:她撒谎撒得糟透了!她知道,自己在撒谎。

克劳斯·布赫说道:萨比勒起劲地谈论赫尔穆特。海尔,你也这样谈谈我吧。

那你自己说好了,海伦妮说。

克劳斯·布赫先是说,海尔现在不再爱他了,继而又说,他高兴地看到赫尔穆特并没有变成庸人。

赫尔穆特想:如果我会变成什么,那我就是要变成庸人。如果我确实有点什么值得骄傲的话,那就是为此而骄傲。他觉得，自己若是庸人，那这一瞬间便会笑得最为开心，并且会对克劳斯举杯祝酒，但无论如何也不打算和他讨论庸人这方面的特点。听萨比勒这样完全不着边际地谈论自己的读书和生活情况，是件乐事。倘若想象一下，要是克劳斯和她单独在一起，她将把曾经说过多遍的话唠叨给他听，那只能使人发笑不已；倘若自己单独和他在一起，也就马上没有了这出戏。这是样品。这里反映的是一种需要，而不是事实。她想说一点自己丈夫给人印象深刻的东西。也许她想告诉他点什么。

结果倒是克劳斯·布赫询问起赫尔穆特的工作情况，因为他喜欢谈论自己和海尔对工作的看法。他们尽量少工作，他说。是这样吧？他问道。她说道：是的，为了图舒服，我们有幸不必工作。这话听起来仿佛是学舌。克劳斯·布赫说，人的一生太短暂，因此不该浪费时光去工作。这时，她公开地而且也许已是批评性地引用他的话，这或许会使赫尔穆特感到高兴，她说道：只有没有充分得到性爱的人才需要工作。这时，克劳斯终于接过她的话说道：工作代替了性爱，它也毁了性爱。严肃地说，性爱毁灭了他的工作意志。谁想生活，谁就不应沉醉于工作。工作使人无暇顾及爱情。对吗？或者你不再爱我了？

她亲吻他并且说道，他这方面谈得多了一些，但这是他唯一的缺点。

这就是说，否则我是十全十美的了，他不知足地说。

她笑了并且说道：还说得过去。

你得承认这点，他执拗地说。

是的，我承认这点，她说着、笑着和亲吻着。

你比我小十八岁，你可曾埋怨过？他不退让地问。

她想堵住他的嘴。

我是严肃地谈论这件事的，他说。

我也是，她说。

他说，你不再爱我了，是吗？

她说，他总谈论这方面的事。你们理解这点吗？我觉得这种强加于人的表达方式不好，但这肯定只是出于妒忌，因为我不会这样做。这次她没有亲吻丈夫。

你不再爱我了，是吗？他说。

现在她亲吻了他。然后他俩喝起矿泉水来。两个人好像是初次遭受赫尔穆特的雪茄和萨比勒的香烟的烟熏之苦。这时，和前一天晚上一样，赫尔穆特又感到难以享受烟酒之乐趣了。他赶快灌酒。他想尽快一醉了之。难道他会承认，自己爱上了这个海尔？他想从中得到什么？是这么回事？她对自己不是非常冷淡吗？

突然，克劳斯·布赫开始讲起自己父亲的九十岁生日，他们刚刚庆祝过他的大寿。他们把他从代格洛赫雅致的养老院里接回家来。他的精神非常好，但身体非常虚弱。他的思维确实敏捷，对一切都感兴趣。联邦总理的名字，联邦总统的名字，甚至联邦议院议长的名字，这一切他都了如指掌……赫尔穆特痛恨关于白发老人情况的通知。虽然他尿裤子，但他能背出十至二十的两位数乘法表。也许克劳斯·布赫只想说明，自己总共还有一个四十五年可活。海伦妮说道：我的母亲七十二岁，而且还没有减少对生活的享受。减少，赫尔穆特想着并且感到有点毛骨悚然。她每年到非洲、伊朗旅行，海伦妮说，她最近写信来说，她觉得没有一个地方像在巴厘那样舒服。不是该说在巴厘岛上吗？赫尔穆特想着。你们的父母在哪里？

赫尔穆特用大拇指向地下一指。

克劳斯说道：把照片拿给他们看看。海伦妮说道：哈尔姆夫妇不会感兴趣的。哎呀，把相片拿出来看看吧。不会有什么比老年人的相片更有趣的了。

赫尔穆特说，自己不想活过七十岁。

他觉得，这句谎话说得就像真的一样。这句话说得毫无意义。然而，他在这儿所说的一切，不都是毫无意义的吗？只有海尔和克劳斯所说的，才真的具有意义。他们想白头偕老，盼望着长寿；他们有希望长命百岁；他们所做的一切都是为了延年益寿，也有力量达到这个目的。他们这样想，自己要健康地忍受着多活些年。而谁不这样想，谁说的话便毫无意义。因此，世上存在着的唯一有意义的事情，便是长寿。谁比别人长寿，谁就比别人有成就。你比别人长寿，你取得的胜利就比别人更大。赫尔穆特不知道，布赫夫妇是否正想对他说这个，但自己却这样理解他们竞相对七十大寿和九十大寿的描述。他们曾和自己的寿星佬儿一起游玩，在高山牧场吃血肠和肝肠，和他们一起看电影。他们喜笑颜开。瞧那边，人们也喜笑颜开。瞧，衰老的鼻子伸进了花朵里。瞧那边，人们因此心醉神迷。瞧，人们感受到的舒适感一个接一个。这是现有的最美好的事物。而最美好的就是，直到死前，还能不断地享受生活。

赫尔穆特说，他感谢布赫夫妇给予的一切，但更感谢他们赐予的这个夜晚。就他的记忆所及，还没有一个人使他这样精力充沛，使他这样振作；还没有一个人曾给过他这样的馈赠。

他发觉，自己的眼泪夺眶而出。他装作自己好像很难堪的样子。他猛地朝外跑去。事实上，他的心情糟得很。

他喝醉了。

海尔说，明天她要去村庄一趟，所以哈尔姆夫妇可以和克劳斯一起去乘帆船玩玩。她倒很想带萨比勒一起去村庄，但凭经验便知道，两个客人要比一个客人更加难以接近老祖母们。

啊，他们还一点也没对哈尔姆夫妇谈及她的新书吧？克劳斯解释道：这本书将起名为《祖母们的口舌》。海尔开车到内地的村庄，向村长打听五位年纪最大的妇女，她让人指出她们当中最健谈的三位，然后，她去到她们那儿，把她们还记得的好主意录下来。她把祖母们所谈的内容录满了三十七盒录音带。海尔说，她只希望这本又是克劳斯出的点子的书，要比自己那本药草入门畅销。克劳斯·布赫喊叫起来：我不知道你想要什么，宝贝。你写的那本入门读物是座连续燃烧炉，它使我们在九十岁前，越来越接近巴哈马群岛。这样吧，明天十四时三十分我们起航。萨比勒请求原谅。她说，她明天要到梅尔斯堡去，已经和理发师预约好了。每年的这一天她都去理发。这确是个无法更动的约会。那么，赫尔穆特就一个人去。克劳斯·布赫高兴极了，因为这将成为成年男子狂欢的纪念。再见。

赫尔穆特和萨比勒拖着由于酒醉而变得沉重的脚步，没精打采地慢慢走回住地。赫尔穆特说，你运气真好。萨比勒说，他们真活跃。赫尔穆特说，他们虽然能毁坏我们的假日，但幸好没能使我们堕落，施塔恩贝格太远了。萨比勒挽着赫尔穆特的胳膊说道：别这样消极了。我喜欢消极，赫尔穆特说。今天夜里还有雷阵雨吗，消极先生，她挖苦地问道。问问克劳斯·布赫吧，积极夫人，他说。她说，你这个魔鬼，我问你，我偏要问你，我只和你说话，除了你说的语言之外，世界上所有的其他语言我都忘记了，我就问你！他叹息道，我倒希望，一切如此。他说，他比她更离群，因为他除了她以外，已经很长时间无法理解别人了。他搂着萨比勒，紧紧抱着她，直到她发出一声刺耳的尖叫。这时，他想起了海伦妮·布赫。眼下，他对此毫无办法。他说，我醉了。她说，是我们醉了。我，他说。我们，她说。这与我毫不相干，他说着并且从她身旁跑开。但她迅速赶上他，直到来到度假公寓，她再也没有让他从自己的手中挣脱。

他再次抱怨她逃避明天乘帆船游玩。他不明白，她为什么要这样做。她说起这个克劳斯·布赫来振振有词，就像花儿说到风似的，而接着她又溜之大吉了。明天根本不是她理发的日子。她担心，自己爱上了克劳斯；而赫尔穆特又会背信弃义地称他为这个克劳斯，她说着并且难听地咯咯直笑。赫尔穆特考虑，自己是否要用暴力压制她，然后把她扔到湖里去，而且不许她再上岸来。他说，我原谅你一时犯下的这个错误和下一个错误，直到下下个错误我才生你的气，此后再犯的错误则是致命的，绝对致命的。她说，如果你这样说话，那我就感到寒冷了。他说，那就好了。如果你在我说话时感到寒冷的话，我就感到暖和。她说，这么说，确实会有雷阵雨了。噢，你这个自然主义者，他说，我们正在灾难的边缘徘徊，而你说起话来，却像个预报天气的人一样。眼下，我们俩都受了点骗，我们得提防着点。我们已经比他们更离群了。她说，也许是你吧。他说，比勒①，我知道你不会的。我也不会的。比勒，你这家伙，要保护自己免受布赫一家的诱骗，即使他们做的是正确的，就让我们坚持错误的吧。为什么，她问道。我不知道为什么，他说。但是，他说，还从未像现在这样有必要坚持错误。错误的便是正确的。比勒，今天晚上。今天夜里，倘若他们互相亲近，那么她想的是克劳斯，而他想的是海伦妮。这种想法使他缴械。白痴，她说。是的，他说。毁坏万物的家伙，她说。是的，他说。讨厌的狗，她说。是的，他说。不要脸的家伙，她说。别挑衅了，他一边说着一边向她弯过身去，小心翼翼地亲吻她并说道：啊呀，萨比勒，你是我唯一的亲人！

她入睡后，他才松了一口气。这虽然没有变成一次他欠下萨比勒债的交谈，但是他们相互触及到了他们过去从来没有触及过的地方。

翻新的衣裳是多么漂亮啊，他想。

---

① 萨比勒的爱称。

八

　　克劳斯·布赫给赫尔穆特推开车门，他上了车，为了表示欢迎，克劳斯把自己的手搭放在赫尔穆特的肩上好一会儿。赫尔穆特为自己的感受和这个克劳斯·布赫的感受截然不同而表示抱歉。倘若自己喜欢的人的手放在肩上并且久一点，那该多好。他真的由于不能回报感情而请求原谅。克劳斯·布赫今天身穿白色衣服。他的蓝眼珠还从来没有这么碧蓝过。尽管他不出声，但轻巧的嘴唇翻动着，隆起来。他很激动。他倒不想说夫人们的坏话，但天赐良机，使他们一整天单独在一起，这简直太好了，难道不好吗？赫尔穆特老兄，我觉得，我们俩待在一起真是再好不过了。他加大油门，但立即又得刹车，因为已经到达目的地了。克劳斯·布赫从旅馆里取了袋子。这回他也给赫尔穆特带了双帆布鞋。赫尔穆特怀疑鞋子不合脚，但是克劳斯说，他们的鞋码向来一样。赫尔穆特必须帮忙张帆。克劳斯·布赫不停地用十分欣喜的语调向他大声发布命令，每个命令都要重复两次到四次。这喊声听起来，让人觉得赫尔穆特好像是个傻瓜。尽管如此，克劳斯·布赫还得经常蹦跳过来，把着手教他。

开始，和风还吹拂在浩瀚的湖面上。后来，整个湖面平静无波，像熔化了的铅一般，所看到的一切都只呈现出一种色泽。他们驶出于伯林根湖，赫尔穆特估计，这时帆船正位于这湖以外哈格瑙和肯斯维尔之间。克劳斯·布赫咒骂着博登湖，说什么它是个没用的家伙，一天只能干一次，而且几乎毫无快感；说什么这会儿它看着就像是由闷热的抹布所组成的风景。你瞧，有的地方是房子、山丘；你瞧，天空，一切都悬浮着，悬浮着，悬浮着；我的亲爱的，这将是在天堂里的一个下午。这本来就是个讨厌的湖。如果不是为了海尔·布赫的书做调查研究，他也许绝不会到这儿来驾帆船。树梢微风敛迹，这也许最适合老爷爷们了。现在你环视一下这个地区，它永远长眠了。赫尔穆特，我向你担保，这里的一切都停止了运动。我们到了黄泉。到处死气沉沉。我们到了忘川①。我本来想和你随心所欲地扬帆驶去，但现在全无了兴致。现在我们只好胡扯了。就让我们胡扯吧，来吧。

他令人难以置信地放肆地说着，同时动着他那合不拢的嘴唇和难以管束的舌头，做着模仿说话的卑俗的动作。赫尔穆特不由得大笑起来，这使克劳斯·布赫大为高兴。

---

① 希腊神话中的阴间河名，死者饮其水，就会忘记过去的一切。

我的天哪，他们曾怎样在爱琴海上扬帆航行啊。那时，他们必须相互拴在一起，否则也许会被从船上冲到水中。在长达十二小时的航行中，他们一秒钟也没有离开过舵柄。有一次，爱琴海面的北风劲吹，使他们三天都出不了港。又有一次，他们在从塔索斯驾帆船驶往罗多斯的途中，长时间在浪底穿行，而不是在浪峰上颠簸。他只盼望着巴哈马群岛和刮起持续的信风。赫尔穆特是否前来自荐一块儿去。他，克劳斯·布赫，丝毫不想干涉赫尔穆特的事，他觉得，如果赫尔穆特干脆在这里清理一下，破釜沉舟并走向一个新天地，似乎会对赫尔穆特有好处。生活需要刺激，克劳斯·布赫说，否则在活着的时候生活就已经死亡了。你明白吗，这不同于伦理学和道德学。精神，它的存在简单得很，它也许可以由自身产生紧张，我知道得不很清楚，这方面你是专家。我知道的与此相反，生气勃勃需要推动力。生气勃勃尤其需要非常新鲜的东西。生气勃勃不会对任何新鲜的东西满足。愈新鲜，就愈有活力。你明白这种完全无法预料到的反应吗，这就是生活。好了，赫尔穆特，你说说看，你和自己的妻子性交几次？

赫尔穆特流露出的目光使克劳斯·布赫不再坚持要他回答。他说，或者换一句话来问，你能完全肯定，你还爱你的妻子吗？请你正确理解我，萨比勒是个真正的好妻子，我羡慕你的萨比勒。但是，如果她再也没有性欲了的话，那么最好的妻子对我们这个年龄的丈夫来说，也会成为危险。如果海尔再也没有性欲了的话，海尔也可能对我是个危险。但她现在还有性欲。海尔对我来说是个挑战。这太好了！她对我要求太多。我达不到她的要求。我为她日夜奋斗。当然，这要保持精力充沛。

如果你四个星期都躺在床上，那你连一公里的路也走不动了，你就一点力气也没有了。所有的事情都是这么回事，赫尔穆特。生活确实令我神往，赫尔穆特，这点你尽可以相信我。倘若有颗雨点落到我身上，我可能会激动得喊叫起来；倘若我盯着一棵树看，我可能会因喜欢叶绿素而喊叫起来。但是，赫尔穆特，我担心自己变傻，我处在危险之中，这点我知道。我想保持出色、出众、了不起和高尚，非常非常高尚。你明白吧。我想当拉不断的丝，当然啰，当柞蚕丝。我是个自我崇拜者。海尔在某种程度上也崇拜我。因为她把我视作比我自己认为的还有才智，你明白吧。我给她指点。我把她看得比她本人要渺小得多。万一我达不到她的要求，我就诱导她做些力不胜任的事情。你明白吧。赫尔穆特，坦白地说，我需要的是像你这样的一个人。当我看见你坐在林荫道上，我就想，你瞧①，这是个

---

① 原文为意大利语：ecco。

人物，我的哈哈老兄，这是个满脑袋问题的人，是个穿着游泳裤读《查拉图斯特拉如是说》的人，赫尔穆特，如果你一起去巴哈马群岛，我们俩就得救了。在那儿你可以穿着游泳裤做一切事情。你在这儿有什么舍不得放弃的呢？你到底是在哪所学校工作？

在埃贝哈德·路德维希学校，赫尔穆特极其谦恭地说。

噢，克劳斯·布赫说，祝贺你，瞧，你可总是拔尖儿，不过这也是理所当然的。尽管如此，但我敢，你想不到吧，我，年老的蟑螂，什么都不是，什么也当不成的人，我敢向你，向埃贝哈德·路德维希高级中学尊敬的参议教师、博士提出广泛的建议。我认为，这是必要的。你肯定会得到拯救。你需要我，赫尔穆特，我感觉到这点。所以我要问，你和萨比勒性交几次。我可不想使你丢脸，老兄。我不想扮演健美力士。老兄，赫尔穆特，我和我的前妻分手时每个星期还性交一次。我是过来人了，我们都是过来人了。那么请说吧。只要你愿意，你尽管可以对我说。我认为，在五十岁之前，我们该再次下水。如果没有你，我就有变痴呆的危险。这点我是清楚的。你对我确实是个鞭策。有了你和海尔的鞭策，这样就一帆风顺了。一切都明白了吧。

赫尔穆特不住地点着头。克劳斯·布赫肯定获得这样的印象：赫尔穆特正在认真考虑这个建议。这激励着他提出愈来愈多的要求。因为赫尔穆特直到此刻还没有表现出要说话的意思，所以，他只能通过自我暴露，继续试着对赫尔穆特进行挑逗，想使他放弃危及自身的克制，以便他们最终能够一起互相救助。他，克劳斯·布赫，明显地感觉到，赫尔穆特极其敏感地意识到有停滞的危险。也许赫尔穆特甚至已经听天由命了。可他，克劳斯·布赫，不相信这一点。更确切地说，他认为赫尔穆特目前佯装听天由命，但一旦发现情况危急，就会呼喊着试图摈弃这种心理。到那时可确实为时晚矣。或者只好听凭轻率行为的运气了。但现在还可以一起计划第二次下水，而且要使它没有创伤，一举成功。这是十分重要的。他可以说，同自己前妻的离异并没有使双方遭受重大的创伤。因为直到事发、大吃一惊之前，他并没有等多长时间。于是，他提出了彻底解决的建议。他预感到，赫尔穆特可能已经遭受到大局已定、毫无刺激的习惯做法的最初损害。他会说，有可能！而自己的建议根本不是仁慈的行为，它是十足的利己主义。赫尔穆特使唤他使唤得愈多，他就愈敢使唤赫尔穆特。他们又曾经是老朋友，这使他们互相可以毫无顾忌地帮助。他们之间用不着害臊遮掩什么。如果赫尔穆特想知道，自己怎样才能最温和地同萨比勒离婚——如果赫尔穆特想这么做的话，那好，他只是举个例子，因为每个还生气勃勃的男人都想同自己的妻子离婚，只有死者才是忠诚的——那么，他可以到克劳斯·布赫那里来；然而，如果赫尔穆特仅仅是鉴于阴茎的勃起想使自己平静下来的话，同样可以到克劳斯·布赫那里来；他之所以说这些，也只是因为，每个生气勃勃的男人，都对检验自己的责任能力的可能性感兴趣。倘若两个男人就合作那么一次，那他们便取得了巨大胜利；倘若每个男人都孤零零的，那每个人都必须用他自己卑鄙的方式去招摇撞骗，捕获猎物，把它置于安全处，慢慢享用，然后再去捕获猎物，如此这般继续下去。赫尔穆特老兄，让我们成为强者。别退让，要成为强者。让我们变得更加强而有力，成为最强者。我向你发誓，我们俩是最强的人。生活需要我们。老朋友，我要把你从死气沉沉的生活中拯救出来。我要重新给你修饰一下。一年后，你将发现，再也认不出自己了。现在你处在沉沦的边缘。我不会袖手旁观。我要使你兴奋，老兄。我会提起你对生活的兴趣，使你振作起来，打赌吗？首先你到我们施塔恩贝格来一趟。就来几天。那时事情也就自然而然地进行了。这很简单，对此我十分有把握。赫尔穆特老兄，在施塔恩贝格，你明白吗？在施塔恩贝格，我常常从早晨四时至七时赤身裸体地坐在平台上，聆听鸟儿鸣啭。没有任何一种音响效果比这动听。在我的庭院里有几棵大树，在太阳出来之前，鸟儿就已经开始歌唱了。但鸟儿歌唱不分先后。就像在交响乐队里一样，属于同一个声部的所有演奏员同时一起演奏。有柔和的合奏，有激烈的合奏，紧接着便是无数只鸟儿在合唱，无法想象出有多少只鸟。然而，你却看不见一只鸟。大树自身发出鸣响。你再也分辨不出，这竟然是一些鸟类的鸣声。这鸣声就像是从一架巨型管风琴里发出的声音那样悦耳动听。或者就像几百架管风琴在最响亮的音栓上演奏一样。这乐声听起来，全然不像在露天，倒像是在回声室里。一间巨型回声室在振荡，鸟群的鸣声在回响，仿佛整个世界就只是一座教堂大厅似的。而奇异的是回声室本身，你想象一下吧，教堂的大厅在不住地振荡，它在往上升，你听到，它往空中升去。但它却没有离开半点，这是最奇妙的事情。乐声回荡着。真的，乐声在空中回荡。只是回声室愈来愈大，回声愈来愈响。一间充满了鸟鸣声的巨型回声室。这是一座回荡着多音色乐声的鸟儿大教堂。我亲爱的赫尔穆特，这时我必须进房间里面去，但要踮起脚尖走，悄悄地，就像第一道晨曦一样。尽管我的心情完全不同，尽管我更想大声喊叫，想高高跳起，鱼跃般跳到她身上，但我不这样做。我贴近她，温存地抚摩她醒过来，但在她完全醒过来之前，我就安排好诱奸，使她在睁开双眼、开启嘴唇之前，就已经需要我了。你明白了吗？

一阵狂风掠过船面，砰的一声，船帆被击到了另一边。

噢，你好！我们的客人来访了，克劳斯·布赫喊叫起来，并且伸手去抓住缆绳和舵柄。

赫尔穆特无法长久地注视着克劳斯·布赫的那张嘴；它让变得疯狂的舌头搅动得时而隆起，时而张开。他完全理解克劳斯·布赫说话时的焦急心情。这似乎关系到他的生命。在克劳斯·布赫说话时，赫尔穆特从容不迫地凝视着湖面、天空和变得清晰了的湖滨。渐渐又现出了色彩。天空中，各种蓝黑色云慢慢聚合到一起。在下午这段时间里，一切都变得明晰起来。在几处乌云聚合处，甚至闪现出明显的银色光带。只有西边天空，晴空万里，抹上了一层纯正的粉红色。赫尔穆特突然想起纯洁。湖水吸收了所有这些色彩，并且把它们浓缩成为一种浓重的混合色。水里映现出各种各样的蓝色、银色、粉红色；这些颜色聚合在一起，便产生出一种愈来愈像钢水般的蓝色；在这种蓝色中，又泛出紫色的金光。不久，雷雨风暴将自身带来的黑色痕迹掺入了水中。

风暴警报，克劳斯·布赫喊叫起来。他伸出舌头，兴奋地一会儿用手指向瑞士那一边，一会儿指回德国湖滨这一边。许多地方闪动着平时难以见到的报警的黄色灯光。狂风从四面八方刮来。克劳斯·布赫咒骂着。他喊着，也许它发疯了。他指的是狂风。为了及时地看见刮过来的狂风,他好斗似的朝四周观望。他喊着,我们要让船驶快些,这样狂风就拿我们毫无办法了。一时,狂风大作,骤然,一丝风也没了,这种现象他还没有见过。赫尔穆特应该看管前桅帆脚索。如果克劳斯·布赫喊松开缆绳,他就得松手,但不是完全放手;如果克劳斯·布赫喊拉紧,他就得拉紧缆绳。他说话的工夫,一阵狂风从他们身上刮过去,克劳斯一下子被刮到了赫尔穆特那一边,这是狂风给他的回答。老兄,老兄,这是狂风的小手造的孽,他说。他告诉赫尔穆特,在帆船转弯的时候必须做些什么。赫尔穆特问,他们现在是驶往德国一边的湖岸,还是瑞士一边的湖岸。克劳斯·布赫说,我们先和这阵发疯的狂风跳个舞;不管在博登湖上出现什么情况,一旦狂风过后,会有定向风吹来,我们就可以补上我们的乘船游玩了。赫尔穆特指着风暴警报。他很惊慌。那些在许多地方闪烁着的刺眼灯光,在变得昏暗的色彩中显得阴森森的。克劳斯·布赫指着空中一处最黑暗的地方说,那是雷雨区,它会给他们送来所需要的一切。赫尔穆特说,他宁愿尽快离船上岸。他觉得离瑞士近些了。为什么不到乌德威尔或肯斯维尔,从那儿给海尔打个电话,也许她会开小汽车来接。我们则把船帆夹在腋下,站在街边等,好吗?克劳斯·布赫哈哈大笑。赫尔穆特说,我们也可以在湖边等暴风雨过去。

也许到德国湖岸更容易些，因为刮的是西南风。

克劳斯·布赫说，时间很紧迫了，赫尔穆特不能再逃避生活。一阵狂风猛地刮过来，克劳斯·布赫喊道：松开缆绳。然而赫尔穆特松手太迟。由于克劳斯·布赫及时地松开主帆并且靠舵保持住平衡，他们才顺利地挺过了这阵狂风。但接着又是一阵狂风。赫尔穆特喊着：克劳斯，我们必须进避风港。

此刻，湖上已经成了一片咆哮的浅绿色和白色的水面。克劳斯·布赫高兴地直叫唤。赫尔穆特心想，也许他真的疯了。克劳斯对赫尔穆特大声嚷着，他应该坐到船体上去。赫尔穆特坐到那上面去了。现在，他们风驰电掣般地朝瑞士所在的方向驶去。除了他们以外，湖面上再也没有别的船只。在湖岸附近，看到一些无帆的、显然装有发动机的小艇朝避风港内驶去。

克劳斯·布赫的举止愈来愈像美国的赛马骑士。他和风暴攀谈。每看到刮过来一阵狂风，他便给它取一个新的名字。这是苏西，她想用她的双腿夹住我们，哎哟，快，松开缆绳，她跑了。每次，当他们被狂风吹倒后站起来时，他便笑嘻嘻地看着赫尔穆特，轻轻地拍拍船体并喊道：听话，漂泊者，听话！赫尔穆特看出，要通过船只的曲折绕行和重心的转移来抵消风压，已经是愈来愈困难了。他们早已被飞溅着的浪花溅得浑身湿漉漉的。他仅仅还抓住前桅帆脚索的末端。拉紧，克劳斯·布赫咆哮着。赫尔穆特喊道：你疯了。他确信，如果前桅帆继续承受压力，船非翻了不可。狂风吹到松弛的前桅帆上，发出劈啪劈啪像放机关枪的清脆响声。克劳斯·布赫得意扬扬地高叫：一级警报。事实上，报警灯光信号的闪烁速度已经快了一倍。赫尔穆特大吼一声：现在进避风港去。克劳斯·布赫大吼道：胆小鬼。赫尔穆特再也无法忍受这种险恶的处境。波涛已经涌过甲板。这个克劳斯·布赫真的发疯了。这时，他们借助尽量往外探身的重量，借助把缆绳放到最松的办法，刚好维持小船免于翻船。但是风暴愈来愈猛烈，船体已经倾斜。赫尔穆特干脆放开手中的缆绳。砰砰的撞击声和嘎嘎作响声就像有人在猛击他们一样，令人毛骨悚然。克劳斯·布赫喊道：你满意了，我们收帆！谢天谢地。赫尔穆特又可以喘口气了。克劳斯·布赫喊道：快，抓住舵柄！把它夹在两腿之间！在暴风中好好掌舵！别那么忸忸怩怩的，老兄！伸过手去！把它当作你身体的一部分！他咯咯直乐，跳到桅杆那边。赫尔穆特不知道，自己在呼啸声、砰砰声和嘎嘎作响声中，该如何掌好这一块可笑的木头。他觉得，似乎已是半夜了，突然他感受到舵柄上的压力。小船在风暴中摇晃。他摆动了一下舵，但摆错了方向。主帆在风中横着摆了过去。克劳斯·布赫大声地呵斥着什么，朝赫尔穆特跑去，从他手中夺过舵柄，弯下身子捡起缆绳。这时,赫尔穆特感到,船马上就要翻了。倘若克劳斯·布赫重新把主帆摆弄过来,倘若再次出现这种可怕的状况,那么迟早总要翻船。船又开始往一边倾斜了。为了使船重新恢复平衡,克劳斯站起身来,摆弄着舵柄和缆绳。这时,赫尔穆特喊道:别动!克劳斯·布赫喊道:我们飞起来啦!并且发出阵阵狂笑。他向后仰卧,吓人地把身体悬在船外。小船又处于可怕的倾斜状态。可以预料到,过不了几秒钟,船就要翻个底朝天。克劳斯·布赫吼叫着:过来,宝贝,我需要你的重量。赫尔穆特坐到船体上,但把自己的重心仍放在驾驶舱这一边。克劳斯·布赫甚至还让他把头向后倾斜,自己朝天空大声呼喊着空中的露西①。当赫尔穆特发现,在甲板上奔流的浪涛现在就要流进驾驶舱时,他便用一只脚踢飞了克劳斯·布赫手中的舵柄。这一切都发生在一瞬间。小船重新顺风急驶。克劳斯·布赫翻身落水。船头翘了起来。暴风从另一个方向把小船顶住。赫尔穆特低头躲过刮过来的主帆。然后,他蹲在桅杆旁边,用眼睛搜寻克劳斯·布赫。在他落水之前,赫尔穆特还看了他一眼。主帆被风扯下。暴风从后面吹来,主帆和前桅帆迎风朝前飘扬。尽管仍可听到风吹船帆发出的连续的吧嗒、吧嗒

---

① 原文为英语:Lucy in the sky。

的声响,但现在突然一下子静多了。赫尔穆特小心地站起身来,在白色的浪尖和黑色的浪谷里搜寻着。他叫喊着:克劳斯!他不停地、声音越来越大地叫喊着:克劳斯!克劳斯!当他觉得,现在这样喊叫是为了安慰自己时,便停止了喊叫。他心想,你平静点!现在你什么都不要去做。你只需要平静!像克劳斯这样的运动员,他肯定会逃生。克劳斯曾告诫说,倘若他们翻了船,游泳时必须随波逐流,绝不要想顶着风浪游到附近的湖岸。随波逐流,游五公里根本不成问题;顶着风浪,游五百米都不可能。完全不成问题。我说对了吧!你这个傻瓜!得了,别说了。你原来并不想这样做,你原来并不这样做!我说对了吧!可你为什么还要为自己辩护呢?你原来并不想这样做。得了,别说了。克劳斯会逃生的,但你在劫难逃。原来如此。他会死死抓住这条船。倘若小船沉下去,他也会沉下去。但小船也许不会沉没。克劳斯·布赫曾经说过关于浮体的什么话。他寻找自己可以死死抓住的地方。他不想再往外看了。但根据砰砰声和嘎嘎作响声,他知道,还得继续航行。这时,天色已经相当阴暗。下着雨。啊,萨比勒,倘若你知道,克劳斯……他曾有过这样精疲力竭的感觉。他号啕大哭。在最近几个月里,当他与萨比勒发生性关系时,他也有过同样的感觉,这种被毁灭了的感觉。每一次,他都觉得，自己仿佛犯下了不可纠正的错误；每一次，他都这样号啕大哭，这是声音拖得很长、音调变得愈来愈高的哭号。他感到，如果他这时继续哭号下去，不停歇地发出这种高调的、带着拖腔的、压低声音的号叫，他就还可以忍受自己的生活。但他不能这样做。萨比勒每次都很惊慌，使他不得不立即停止哭号。他曾说，他这样做，只不过是寻开心。请吧，她可以检查一下，他的双眼完全是干的，发出这种小声的叫喊使他很快活。但萨比勒曾说，这样下去，她可没法活了。这种声音很恐怖。

现在，他可以发出这种号叫，可以随心所欲地发出声音拖得很长、音调很高的号叫了。他又犯下了不可纠正的错误。

当船的龙骨突然搁浅在湖滨砾石堆上时，他才停止号叫。他跳到水中，蹚水上岸，朝最近的、有灯光的地方走去。

居民们受惊不已。他们通知救护车，并且邀请他喝烧酒茶。他们说，现在他在茵梦斯塔特。他们打电话给水上警察，以便立即采取一切措施，帮助他的朋友。他们给萨比勒打电话。他们给海伦妮·布赫打电话。赫尔穆特想，这最好不过了，他自己仍然无精打采。克劳斯在下霍姆贝格曾说过，一匹惊马可不是好说话的。他同意这种说法。

九

赫尔穆特站在窗边,用望远镜观察着毛地黄花上放大了十倍的大蚂蚁,看它们如何爬到蚜虫身上吮吸分泌物。色鬼,萨比勒说。他说,也许你应该给海伦妮打个电话。萨比勒说,如果她现在什么都还没听到的话,那她什么消息也听不到了。他说,你看到淡红的百合花在昨天夜里开花了吗?萨比勒说,倘若她听到什么风声,她会给我们打电话的。

赫尔穆特在克尔曼地毯①上踱来踱去。他说,为了保险起见,你给她打个电话吧。萨比勒站起身来,不情愿地朝齐恩家的房间走去。她会去打电话的。在这十一年里,他还从来没有使用过齐恩家的电话。

有一次,当他在这块有着深蓝色圆形图案的浅色克尔曼地毯上踱步时,他无法摆脱一种印象,似乎自己右手正领着一个只有七岁孩子个头高的人,这个人名叫弗里德里希·尼采,年龄是四十岁,但收缩成七岁孩子的个头。这家伙非常害怕奥托,紧紧抓住赫尔穆特的手。

---

① 伊朗东南部城市克尔曼产的地毯。

克劳斯·布赫后来同样害怕奥托；他的这种恐惧感，赫尔穆特已经从自己矮小的尼采那里领教了。

每当赫尔穆特独自一人在这块地毯上踱步时，都习惯于无意识地自言自语说：安静，安静，安静。并且在停顿一会儿后又说道：一具死尸浮上来，一具死尸浮上来。

他常说安静和一具死尸浮上来，这已经是老习惯了。萨比勒刚出去，这时，他便说道：安静，安静，并且在停顿一会儿后又说道：一具死尸浮上来，一具死尸浮上来。但他觉得，从今天开始他不是自言自语，而是有意识说的。

萨比勒告诉他，海尔还没有听到任何消息。他问道，那我们今天就根本不去湖边了吗？她说，自己今天看不得湖。齐恩夫人说了，报上登着，在昨天的风暴中有三个人淹死了。尽管有两艘汽艇驶近翻了的帆船，并且将缆绳抛给了那个紧紧抓住自己帆船的人，但那个人还是淹死了。浪涛将他从船上冲走，他没能抓住缆绳，随后，他便在援救者的眼前消失了。赫尔穆特点着头，好像他知道这件事似的。萨比勒搂住他，偎依着他。赫尔穆特的表情似乎在说，尽管如此，他仍要去湖滨，也许她会随后去。他问，打电话时海尔给她留下什么印象。她说，海尔说话的声音很小，几乎什么都没有说，只是说了"是"和"不是"。赫尔穆特拿起克尔恺郭尔日记的第一卷，迅速地走出去，来到湖滨。奥托高兴极了，跟着跑出来。在户外，他们受到齐恩家的弗洛里安的欢迎，它总是想跟奥托亲热一番。但是，母狗奥托每次都极其恼怒地拒绝了公狗弗洛里安的诱惑。

今日湖面一望无垠，湖水显得纯净、温情。这使赫尔穆特感到满意。在这闪烁着蓝色柔和光芒的无边无际的湖上，也许已无人再能辨认出昨日那个咆哮野蛮的湖了。朦胧的雾给一切看得见的东西蒙上了一层蓝色，使其变得柔和、模糊，像隔着一层什么；它使得一切显得飘忽不定，忽隐忽现。今天不是可以使用无边无际这个词的一天吗？倘若……那么他就可以使用这个词了。他感到自己的脚后跟冰冷。脚好像在雪里一样。他整夜反复用手握住脚后跟，而每次他都感到惊讶，脚后跟摸起来，温度竟完全正常。但是，一旦他把手放开，脚后跟就有些疼痛感，他觉得就像是冰冻的疼痛感。第一次乘帆船游玩时，他就有这种感觉……是啊，是啊，后来就一直有疼痛感。昨天晚上，当他终于回到度假公寓并只想尽快钻进被窝时，在他床前的小地毯上爬着一只很大的昆虫。这是一只漂亮的绿色蝗虫。赫尔穆特要是立即踩上一脚就好了。他想把它捡起来，但它做垂死挣扎，使劲地抠住地毯的纤维不放。

他只好稍稍用点力把它扯开。一根长触角垂了下来，除此之外，这只漂亮的绿色蝗虫安然无恙。它的半球状的眼睛显然无法闭合。赫尔穆特想着：使劲闭上眼睛！他想，蝗虫的翅膀如同一件燕尾服，绿色的颈甲如同舒伯特式衣领，或是如同克劳斯·布赫搭在衣领上的金黄色鬈发。突然，这只蝗虫蜷曲起一条后腿的下半部，又爬行起来。后来，整条后腿开始抽搐。它确实是在不停地抽搐。另一条后腿也有点抽搐了。长长的身躯直哆嗦。他目不忍睹，便把绿色的蝗虫放到窗台上的栅栏间，自己钻进被窝里，等待着颤抖的发生。事实上，后来他也哆嗦了好一阵子。过后，他只好高声责骂萨比勒。他叫喊着，她的啜泣只会使一切变得更糟糕。接着，萨比勒号啕大哭。但过后，她便平静多了。今天早上蝗虫不见了。

他打开那本黑色封面的克尔恺郭尔的日记，开始阅读：

> 我在吉勒莱逗留时，游览了埃斯罗姆、弗赖登斯博尔克、弗赖德利克瓦埃尔克和蒂兹维尔。最后一个地方因海伦妮温泉而闻名遐迩，在施洗约翰节时，附近所有的人都到那里去朝觐。

赫尔穆特合上书。他不知道，自己该怎样应付即将发生的一切。

他突然感到，从现在起，自己会遭受到四面八方袭来的无休止的攻击，再也没有不伤脑筋的时刻了。

突然，一切都变得难以预料。他不能再躺着了。那么，看书无疑是件最不该干的事了。他必须活动活动。倘若可能的话，他必须活动活动。够了！现在你只是别在第一天就晕头转向，你可以干其他事，紧急自卫，我的上帝，紧急自卫。你原来并不想这样做。倘若他继续摆弄疯狂的美国赛马骑士那一套，那么，我们俩都会翻船落水，那就没有一个人活下来。报纸上登载着，停，停，停，你不能这么想，你心平气和地承认吧，你冷静地任人责备你的良心吧。请问，任人责备良心，这究竟是什么意思？也许是指口淫方面的竞赛，停，承认吧，你对付不了此事，你还从来没有这样动过脑筋；毫不掩饰地说，你从来未受过这样的痛苦，此刻你正经历着这种痛苦，你不胆怯了。哈哈先生，你在这一秒钟里装不了假，你现在摆脱不了这一秒钟了，如果这一秒钟的裂痕再也愈合不了，你就永远摆脱不了这一秒钟的折磨。

他站起身来，跑回度假公寓，并说他想和萨比勒一起去林间慢跑。萨比勒着实吃了一惊。一次十分缓慢的林间跑步，没有运动的折磨。只是跑远一点儿，慢跑，萨比勒，你知道这个词吗？我喜欢慢跑这个词。这是十分缓慢的小跑。运动鞋？没有运动鞋。你瞧着吧，我这就赶紧进城去，买我们的运动鞋、运动衣、运动裤和运动背心。请别笑，也别哭，这一切都没有意义，我们必须活动一下。如果你不想游泳，我们正好去跑步。哎呀，怎样好就怎样办吧。萨比勒，一起去参加群众性长跑比赛吧。你也一起进城去吗？我们可以向齐恩家借自行车。你去借好吗？去吧，去吧，萨比勒，你行行好，去问问，看我们能否借两辆自行车。要是不行的话，我们就买自行车。是啊，终于买车了，这样可以了吧。太迟了——克劳斯·布赫曾说过这话，萨比勒发觉克劳斯·布赫曾经说过这话——我们就在前边"雄狮"别墅对面的商店里购买，买现有的最新的自行车，然后我们骑着自行车进城去，然后更衣，然后骑自行车到森林里去，把自行车搁到一边，再去林间慢跑，走吧！

萨比勒被说动了心。她直想点头。她肯定想着克劳斯·布赫，但是没有说出他的名字。他们走进村子里，买了现有的最好的自行车。他们又到城里买了运动服，然后沿着湖滨小路回到住所。骑自行车立即给他们带来了乐趣。他们没有自己原先所担心的那么笨拙。赫尔穆特说道：哎呀，萨比勒，我为我们还会骑着自行车回来感到高兴。就像刚刚进行的那样，这是个良好的开端。你不认为这是一次良好的成功的经历吗？是的，萨比勒喊着。就等着瞧吧，他喊着，如果我们换上运动服，那就更神气了。他立时感到，仿佛再也没有什么能够阻挡住自己。

在度假公寓里急急忙忙地换好运动服。这时，萨比勒深为赫尔穆特快捷的动作所感动。他俩轻松地活动着身体。他们感到，自己穿上运动服的样子很滑稽，但并不可笑。赫尔穆特说，她看起来甚至非常引人注目，就像是来自外乌拉尔苏维埃共和国的一名运动员。她说，你看起来就像一位度周末的美国总经理。不过他担心自己的运动鞋选小了一号。她说，我终于重新了解你了。但是他不准停下来歇歇。

他们伸手推起自己的自行车，这时，一辆老式银色的奔驰牌小轿车驶到跟前。这是海伦妮·布赫。见到哈尔姆夫妇手推自行车，身穿运动服，她丝毫不感到惊讶。她自己的穿着哈尔姆夫妇也从来没有见过。

她穿着一条十分破旧的、缝补过的牛仔裤和一件深蓝色、带两行细线条的上衣，里面是件以前穿过的黑色T恤衫，头发紧贴在头上。这时人们看到，她的脖子几乎是弯的。这时人们看到，为了使她特别温柔小巧的鼻子能够保持着向上高昂的姿势，她漂亮细长的脖子微微弯曲着。

她说，她无法待在旅馆的房间里继续忍受下去了。

哈尔姆夫妇把自行车搁到一边，和海伦妮一起走进房间。萨比勒煮起咖啡，并问海尔，想喝点什么。海尔说，她愿意同他们一起喝点咖啡。萨比勒用询问的语调说，她这儿还有自己烤的樱桃蛋糕，要不要尝点？好的，我吃，海尔说。每人吃了两块蛋糕。海尔说,这是她四年来吃的第一块蛋糕,这也确是她所吃过的最好的蛋糕。赫尔穆特说,咖啡和蛋糕,这总比什么都没有强。没有咖啡和蛋糕,他说,我就不想活了。他希望海尔和萨比勒注意到,他说这些废话,只是不想让沉默继续下去。一旦没人说些什么,吃蛋糕就变得令人十分难受。

吃过蛋糕之后,萨比勒谨慎地询问,如果她抽一支香烟,会不会妨碍海尔。不,不,海伦妮说,并且微笑着。她的情绪略有好转。她觉得,今天自己也可以抽一支烟。萨比勒递给她一支烟。

这时,最引人注目的便是抽着香烟的海伦妮。她像个对某件事笃信不疑的人,久久地、深深地、平静地吸了几口。

此后,她说道:我打扰你们了。倘若你们没有因为我而受到打扰,那就好了。譬如说,如果现在你们正要看书,我知道,自己不该打扰你们。然而现在,我只是不想孤零零地一个人待着。

萨比勒问,她是否要再去煮一壶咖啡。海伦妮亲切、热情地点点头。萨比勒说,我们还可以敬你一杯窖藏了十二年的卡尔瓦多斯酒①。赫尔穆特脸上露出责备的表情,粗暴地说:萨比

---

① 法国西北部卡尔瓦多斯省产的一种苹果烧酒。

勒！海伦妮说，要是他们不去做自己要做的事，她就连一秒钟也不再待了。萨比勒要是能给她面前放上一杯卡尔瓦多斯酒，那么她就会少几分扰人的感觉。萨比勒给每个人都斟上了一杯卡尔瓦多斯酒。赫尔穆特说道：不必给我斟酒。海伦妮说，为什么你不抽烟？赫尔穆特挥挥手示意不抽。如果你抽雪茄，我会喜欢的。我的父亲也曾抽过雪茄。

他们三人坐着，萨比勒和海伦妮一边喝咖啡和卡尔瓦多斯酒，一边抽烟。这时，赫尔穆特说道，萨比勒，我不知道，这会儿，是我说说事情经过好呢，还是我们现在闭口不谈这件事好。我根本不知道该说什么。海尔，你得说说看，你觉得说什么好，都取决于你。海伦妮抬头看了看。他确实说了声海尔。也许这是头一次。她没有回答，而是陷入痉挛状的号啕大哭，哭声很响，哭音拖得很长。赫尔穆特立即跳起身来。他突然来回走动，步伐显得异常激怒。海伦妮也站起来，不让他走动。后来她又哭起来。这回她把头倚在他的身上。他感到，这件事使她多么惊愕。他把她扶回到软椅上。萨比勒也大声哭泣起来。连赫尔穆特也忍不住流泪了。突然他想起萨比勒说过，她不能一起去乘帆船游玩，因为她约好了去理发师那里。海伦妮肯定早就发现了，萨比勒根本就没有去理发师那儿。

海伦妮把赫尔穆特不喝的那杯卡尔瓦多斯酒喝了。萨比勒又把三个杯子斟满了酒。海伦妮第一个伸手端起新斟满的酒杯。

现在你抽雪茄吧,她说,我知道得很清楚,如果我不在这里的话,你现在会抽的。

萨比勒向他点头表示鼓励。赫尔穆特说道:不抽,真的不抽。眼下不抽。也许过后会抽。海伦妮又把斟满的第三杯卡尔瓦多斯酒重新放到赫尔穆特的面前,然后向赫尔穆特举杯祝酒。他摇摇头。她和萨比勒对饮。海伦妮说道:我的天哪,这种卡尔瓦多斯酒真不错。六年前,我在蒙彼利埃①读了一个学期的书,在那儿,我时常在许多厚厚的围墙之间喝卡尔瓦多斯酒。赫尔穆特不由自主地想起格拉多旅馆里薄薄的隔墙。他朝萨比勒望去,看出她想的也是同一件事。这使他甚为不快。蒙彼利埃,海伦妮说,是我一生中的黄金时期。这句话听起来很滑稽。

她将杯中的酒喝光。萨比勒又给她斟上酒。她说,现在我是唯一饮酒的人。萨比勒说,祝你健康,并陪她喝了一杯。

她说,我明天清晨走。

回施塔恩贝格吗?萨比勒问。

海伦妮点点头。

赫尔穆特感到,自己好像再也动弹不了似的。他感到,自

---

① 法国地名。

己好像甚至连动嘴讲话的力气也没有了。

她自言自语地说，克劳斯也许会说，生活在继续。

看得出，她差一点又要失声痛哭起来。看得出，这次她想克制住。她强咬住嘴唇忍住哭泣。

她说，只是我还不知道，该怎样继续生活。

她继续克制住自己突然从内心涌出的要哭的感情。她把自己的那杯酒喝光。萨比勒斟上酒。

她说，克劳斯有一次说过：只要我活着，你只能爱我。现在我感到，我绝不会相信，他死了。这我接受不了，永远接受不了。我觉得，他活着。

她把自己杯内的卡尔瓦多斯酒喝光，把杯子递到萨比勒面前，让她斟满。她说道：祝你健康！萨比勒陪她一饮而尽。

她说，他的生活没什么乐趣，无异于服苦役。每天在打字机旁工作十到十二个小时。即使写不出来，他也要硬坐在打字机前。过后，他说，我必须坚守岗位。他感到，他所做的一切都令自己吃力。所以他给周围人造成的印象是他根本不工作，他干的仅仅是出于喜好、不花气力的事。是的，不花气力的。他想表现出不花气力的样子，而过后他总是觉得，自己所做的一切都是骗局。

可惜总有一天，别人会发现他的这些事。他经常在夜里喊叫，而且他越来越经常在半夜里出汗。因此他常常说：我们溜到巴哈马群岛上去。如果仅仅我们俩在一起，他便补充说：到其他罪犯那里去。他深信自己是一名罪犯。当然，我们丝毫没有希望到巴哈马群岛上去。我们甚至几乎连在这儿度假的钱也没有了。他每天都在旅馆房间里工作。我则收集老奶奶们的格言。这些都过去了。这是我所知道的、唯一可信的事情。我今生今世再也不碰录音带了，再也不摸打字机了。深入寂静的村庄，询问村长，同可亲的老奶奶交谈，向她们解释这是什么和怎样使用，解释什么是麦克风，这些都是我不想做、也做不好的事情。但我不能这样对他说。他为自己的主意感到异常兴奋。他是个孩子。或者说他想做个孩子。我一切都会，这也是他的格言。他本该成为体育教师，或者当个探险旅游者，但不是当今的探险旅游者，而是个一百年前的帆船队长、冒险家，他是个对付得了一切大自然困难的那种人。他对大自然总是勇敢的、富于想象力的、不可战胜的。只是对周围的人……

她做了一个朝下坠毁的动作。

他非常实际。我们购买施塔恩贝格的房子时，那房子是座鸡舍。一个难民想建一个养鸡场，但没建成。克劳斯建了一个平台，一切都是他自己动手干的，干得可好了。像这样由红砂岩做成的平台，盖世无双。现在，这个红色平台成了他的纪念碑了。这个平台会保存下来，这点我知道。但归根结底他真的完蛋了。他的看法是错误的。他也逼迫我持这种错误的看法。因此我知道，错误的看法是怎么回事儿。这是地狱。由于一次令人难堪的偶然事件，他进入了讨厌的新闻界圈子。后来他也搞起环境这个题目的研究。后来他认为，自己得严肃对待这一切，因为我们现在靠此维持生计。他的举止局促不安。最后他和所有人都吵翻了。竟然和所有的编辑和审稿人都吵翻了。他憎恨自己要依赖的那些编辑和审稿人，就因为自己要依赖他们。哪怕有人稍稍批评了他一丁点儿，克劳斯只要察觉到，就当着那人的面，把自己的底稿撕个粉碎。这确实很了不起。当然也是可笑的。他有打字副本，这点谁都知道。他只是等着他们阻拦他这样做，他们却幸灾乐祸地笑着。

她喝完一杯，把酒杯递过去，杯子斟满酒后，她说了声祝你健康，又喝了下去。萨比勒陪她同饮。

像他那样侮辱自己所依赖的人，确实很了不起。这恰恰是因为他要依赖他们。他和自己的出版商大吵大闹。有段时间，他定期乘车去慕尼黑，还把出版商的小汽车……这事我都难以启齿。他筋疲力尽了。筋疲力尽了。因此，他为我们遇见你们感到由衷的高兴。在重逢后的第二天，他说，我们可以达到我们的目的了。他是一个幻想家。他立刻又谈论起巴哈马群岛和同赫尔穆特一块到巴哈马群岛去的事。这是他的最新念头。我可以对你们说，和他一起生活很不容易。因为他很敏感，因为他觉察到，他们根本不需要他，当他们让他觉察到这点时，那就完了。从此，他便开始一天问我上百次，我起誓，他一天问我上百次，问我是否还爱他。他越来越让人感到像个废物。而我必须不断地、令人信服地向他证明，他不是个废物，而是最出众的人。

她从软椅上跳起身来，来回走动。她手中端着酒杯，让人斟满酒，又把酒喝光。

实际上，人们很难和他谈得来。我渐渐地感觉到，自己再也无法忍受下去了。我越来越感觉到，好像我必须使一个溺水的人免遭灭顶之灾。倘若我做不到这一点，他就会让我们俩一起卷入水底。我发现，我一辈子也做不到这点。因此，我同样为我们遇见你们感到由衷的高兴。我们确实完全与世隔绝。完全隔绝。请你们不要误解我。你们知道，我并不想说什么诋毁克劳斯的话。我想……我只是不得已要说……我必须对你们……我一定要对人说一下……是怎么……我是……我自己实在……如果我可以说这么一次……我不该活着，他不许我这样想。我必须对他所做过的事要比他本人有更大的兴趣。好像我是他的女儿：他办不到的事，我应该统统办到。我是他的骄傲。另一方面，如果有人夸奖了我做到的事，他就恼怒。他疯了。因为他觉察到，别人不需要他了。他表现出一定程度的利己主义，应该把这种利己主义称之为精神病。他认识我时，我在学音乐。突然我必须放弃学习音乐。我们相识还不到三个月，那时他命令说，你当不了真正的音乐家，算了吧，你这样只会使自己不幸。就这么定了！好吧，就这样！然后，他要我转到他感兴趣的事情上。我当时二十二岁，是个傻瓜，是个再傻不过的傻瓜，我就是这样的一个傻瓜。当然我也知道，他什么都不会同意……但我为什么……为什么偏偏是我该为此付出代价？我不得不把钢琴卖掉。是啊！他发展了反对音乐的狂热。不是他狂热，就是音乐狂热！过了一年，这件事对于我来说好像过去了。过后我好像也可以永远忍受下去了。祝你健康！我忍受住一切，这不是很感人吗！我应该把这归功于他，这我永远都知道。我忍受着什么。我……打赌吧，我忍受的事要比你们俩忍受的都要多。来吧，快来，你们现在和我打一次赌吧。我想赢。我已经很长时间什么都没有赢过了。现在我觉得……你们在自己宏伟壮观的度假公寓里居然没有一架钢琴，连一把小提琴也没有。这真是个十足的骗人勾当，没有钢琴的度假公寓，连把小提琴也没有。十一年来都这个样。这十一年里既没有钢琴也没有小提琴。你们确实还是忍受了一些事。你们肯定好好磨炼了自己。赫尔穆特,让我摸摸。你受到磨炼了吗?你的灵魂受到磨炼了吗?让我摸摸你的耳垂。你不知道这点吗?灵魂就和耳垂一样。那么你的耳垂呢,你的耳垂有点干瘪,这是我的看法。萨比辛①,那么你呢?妇女的耳垂要比男人的厚,这已经一而再、再而三地得到了确认。确实是妇女的耳垂厚,嗯!所以有的妇女腰缠万贯。你要是这样,那你就可以把每个男人忘掉。萨比勒,一个男人算什么?男人说的话就像袖子上的鼻涕,就是这样。还能是什么呢?什么都不是。克劳斯……啊,克劳斯……不知怎么的,我感到,自己好像在一种液体中游动,自己在这种液体中游动,还一边喝着这种液体。如果生活不突然停顿下来,这已经几乎有点再美妙不过了。赫尔穆特,你注意一下,不要突然来个电话,不要慕尼黑的施塔尔哈根博士先生打电话来说,他不再需要我们了……我要是怪你们,那就太不像话了,真的。况且你们是最高贵的人,而我们遇见你们,实际上也太迟了,这是不幸的事。赫尔穆特,你不知道,克劳斯是多么高兴,因为他遇到了你。他说过,就好像我找到一件宝贝那样高兴。他感觉到,你,你那冷静的、坚定的举止会使

---

① 萨比勒的爱称。

他健康。他缺乏你的理智、你的稳健和内心的平静。啊，你们两位可爱的人，如果你们愿意，你们现在可以给我洗一下澡。我留在你们这儿。你们用一块大海绵给我洗澡。你们没有浴缸，只有淋浴。有点寒酸，是吗？这倒没关系。如果你们能给我洗澡，也许不是件坏事。但事情就是这样。我喜欢奢侈，我想在浴缸里得到享受。但这里没有浴缸，完全像在撒哈拉沙漠里。我现在会悲伤起来，这是可能的。请你们不要把这件事放在心上。一浴缸热水是治疗悲伤的最好办法。这浴缸里的水必须很热。每当我躺在装满热水的浴缸里时，我总是开始唱歌，尽管我近来根本不再唱歌了。这样说来，我很快又可以像从前那样唱起歌来，实际上我再也没唱这歌了。我有时候懒洋洋地坐着，显得沉默寡言。随后我就待着一声不吭，就像待在玻璃罩底下。女士们，先生们，随后，我的感情受到侵袭，烦躁的、折磨人的忧郁侵袭着我，因为我的价值还不如被人扔到墙上的东西。东西扔到墙上便损坏了，损坏了也就被遗忘了，再也没有人想起，这是什么东西或者是如何想到的。而最重要的是，损坏仍在继续。倘若别人仅仅把我们弄个半死，那也许会产生令人同情的风波，我们也就肯定会在这场风波中淹死，人世生活就完了。然而我们作为失败者，却麻木不仁地继续活着。我感谢你们俩。

现在我们马上开始吧。我们已经浪费了很多时间。女士们，先生们，我不像现在的艺术家那样乐意去做准备。但从另一方面来说，我又做了太多准备。请允许我请求你俩赏光。我给你们俩演奏弗兰茨·舒伯特的《漫游者幻想曲》。

她在空中做着弹钢琴的动作，唱着曲调，踏着拍子，用手指画出各种图形。她来回走动，停步，转身。她演奏钢琴曲犹如朗诵一篇文章。她不忽略每个音节，并且准确地说出自己的意思。

有人敲门。赫尔穆特跑去开门，是齐恩夫人。她说，有位先生来这儿接他的妻子。克劳斯·布赫从她身旁闪出，走过赫尔穆特身边，进到屋里。

赫尔穆特向齐恩夫人点点头，随后把门关上，接着命令奥托到他身边，仔细察看着它。

克劳斯，萨比勒叫喊起来。

海伦妮的乐曲声立刻哑了，她有气无力地、言不成声地说道：我的克劳斯，我的亲爱的，亲爱的克劳斯。是吧，我老说什么来着：他活着。我说什么来着，活着。他来得这么晚。这对他来说无所谓。他只是想知道，他不在这里的时候，我们在干些什么。对吧，恶棍？我不是对你们说过，他是个恶棍吗？克劳斯，找个好位置坐下，我只是还要把《漫游者幻想曲》演奏完。

她找到该弹的地方，继续演奏起来，但只弹了不长的一会儿。她望着克劳斯。她一边望着他，一边给自己斟了一杯卡尔瓦多斯酒，说了一声祝你健康，便把酒喝光，又继续望着克劳斯出神。

克劳斯说道：现在走吧。

她说道：不合你的意了，是吗？对不起，你刚刚逃生，站在那儿，而我在弹钢琴，倘若你把我归入自私者的行列，我不会感到惊奇。你从惊涛骇浪中脱险出来。你对自然界战无不胜。这点我事先已经公之于众了。对吗？

克劳斯说道：现在走吧。

海伦妮说道：克劳斯，让我们在自己朋友这里再待一会儿吧。我们房间里反正没有浴缸，他们这里也没有浴缸，所以我们在这里同样可以过得很好。无论如何，我们都会对没有浴缸这种命运保持忠诚。这一切都很清楚。

克劳斯说，我现在走了。

她说，有人对你做了什么坏事吗？我看得出，你生气了。克劳斯，快告诉你的海尔，是谁让你生气了。他使你气得要命。这点我确实看得出。咦！他们把我们的克劳斯气得够呛。亲爱的，我向你保证，我会使你在短时间内心平气和。她又点起一支香烟,从挂衣钩上取了赫尔穆特的草帽,戴上它。她说,你把草帽借给我吧。她接着说道:走,天才,我们勇敢地走吧。

她一边朝外走,一边向赫尔穆特和萨比勒挥手告别,同时不知怎么一下子便挽起了克劳斯。这时,赫尔穆特觉察到,当克劳斯在场时,克劳斯·布赫的目光和自己的目光始终没有相遇。所以他应该保留住这个仰面向后落水人的目光。在那一瞬间,克劳斯也许看透了他,还从未有人这样看透过他,而这个看透了他的人还活着。当他们听到小汽车开走时,他们才动弹起来。

萨比勒说道:等一下,等一下。

赫尔穆特坐下,给自己点了一支雪茄,斟了一杯卡尔瓦多斯酒,并说道:祝你健康。接着便喝起来。萨比勒没有陪他喝。她问,你知道他怎么啦?赫尔穆特对这个问题毫无反应。萨比勒又问,赫尔穆特,他怎么啦?他心里有什么事。他来这儿……不是因为现在有庆祝活动,倒像是世界末日到了。你理解这点吗?

赫尔穆特拿起自己那本黑色封面的克尔恺郭尔的日记,说道:如果你要找你那本瓦格纳著的《我的一生》,书就在对面,要我拿给你吗?然后他便打开自己的那本克尔恺郭尔的日记,并且读着:我在吉勒莱逗留时,游览了埃斯罗姆、弗赖登斯博尔克、弗赖德利克瓦埃尔克和蒂兹维尔。最后一个地方因海伦妮温泉而闻名遐迩,在施洗约翰节时,附近所有的人都到那里去朝觐。

他又把书合上。萨比勒还像原来一样坐着未动。她说,现在走吧。我们本来想骑自行车到森林里去郊游,去林间慢跑。走吧,赫尔穆特站起来说,我无法忍受这种事。他换起衣服来。换衣服时,他对萨比勒说,可以把自行车送给齐恩家。干脆把自行车留在这儿,如果再来这里度假,就有自行车用了。

他说道:萨比勒,请你也换换衣服。请吧。他的语气又是那么坚定、迫切,犹如他强逼她购买运动装备时所用的那种语气。

他们俩换好装后,他说道:如果我们现在收拾行装,你认为如何?或者这样,我收拾行装,你到齐恩夫人那儿去,付四个星期的房租,无论如何不要同意她给你减价,你就说,这是特殊情况,如果我们明年能来,我们会准时,等等。去吧,去吧,萨比勒。等会儿在火车上,我把一切告诉你。去吧。

萨比勒坐下说,她感到这太突然了。他用一种断然拒绝的、无异于强逼的、不容置疑的语气说道:那我就一个人走了。萨比勒说,可我还想说说我的想法。请问,到底什么时候可以谈谈我的想法?也许你认为,我没有话说,你这家伙。

他说，啊呀，萨比勒，你是我唯一的亲人！

住口，她说。

对，他说，在火车上说，萨比勒，在火车上说。

他开始收拾行装。渐渐地，她也跟着收拾起来。当她去找齐恩家的人时，他在她身后喊着：叫一辆出租车，十五分钟后开来。赫尔穆特、萨比勒和奥托出发时，窈窕的齐恩夫人和她的两个大女儿站着挥手告别。齐恩博士幸好在阿尔高。赫尔穆特在售票窗口说：买两张半单程到湄兰的票。湄兰，萨比勒边说边摇着头，究竟为什么要到湄兰去呢？等一等，等一等，赫尔穆特对售票员说，我夫人不同意。那么去哪儿呢？赫尔穆特问。去……去蒙特佩利，萨比勒筋疲力尽地说着。赫尔穆特说，买两张半到蒙特佩利的票，单程，头等车厢。但愿你在那儿不会感到太热。倘若那里的墙壁够厚的话，萨比勒说着，脸上露出一丝嘲笑。

赫尔穆特小心翼翼地吻着萨比勒的额头。奥托狂吠一声，好像他们薄待了它。萨比勒直望着赫尔穆特，使他不得不说道：你看透了我，就像看透了装果酱的空玻璃瓶一样。再等一下，在火车上说。萨比勒说道：昨天夜里做梦时，我可想知道，不能再被别的数除尽的是什么数，我不知道这个数，所有其他人都知道这个数，你也知道，但你也没有帮助我。他有点赔罪似的不停地抚摩着她的头发。火车进站了。赫尔穆特感到,彩色的机车就像一位教团神甫一样,便对着它说道:耶稣,你承受着世界的罪恶①。

他们找到一间没有其他旅客的包厢后,他说道:萨比勒,现在我们可以一直坐到马赛尔。

萨比勒说道:可是我怕热。如果那里太热的话,我们怎么办。

啊哟,赫尔穆特不假思索地说,把阴凉缝在一起嘛。

他们面对面默默无语地坐了一会儿,相互就像陌生人一样。她面朝行驶方向。他背对着行驶方向。

现在说说昨天到底是怎么回事吧,她说。

一列快车呼啸着从车旁驶过。

这是个不短的故事,他边说边望着窗外的莱茵河。莱茵河,她说。她稍稍伸展了一下四肢。她坐在晚霞的霞光里。他在背阴处。他说道:啊呀,萨比勒,你是我唯一的亲人!他还从来没有把嗓门提得这样高。他看出,她喜欢听这话。这使他能够继续提高声调,他感到自己的声调骤然高了许多。他说,你这个太阳照耀着的家伙,凭借你本人一无所知的长处,经过这些

---

① 原文拉丁语:Qui tollis peccata mundi。

年已经冒了出来,就像是从玫瑰花中冒出来似的,这从你身上一眼就能看得出来。

太好了,她说,现在该干什么呢?

现在我开始讲,他说,我很抱歉,但是,我倒能给你谈谈这个赫尔穆特和这个萨比勒的一切。

她说,快讲吧,我不相信我会全信你的话。

他说,这大概是解决的办法。那么请听吧。事情是这样的:突然,萨比勒从散步的人流中挤出来,朝一张空桌走去。

郑华汉 李柳明 译

梅斯默的想法

一

在我发出的所有声音中,我自己的声音最为低弱。

我的脸是一扇门,进得来却出不去。

什么都可以改变我。我什么也改变不了。

岁月穿行过我的脸,像个征服者。

必须赞美隔开你的那堵墙。

我从一道日见缩小的缝隙外窥。昨天给我打来电话,今天却不打,此举多么卑鄙啊。

我着迷于短暂的,总觉得时间漫长。

他尽快赶走人们,然后坐下来。看来他过得好极了。他明知如此,但他感觉不到。

有人通知我他将来访,令我惊惶不安。我不想他来访。我不能这么明讲。直至他跨进门来,我的痛苦都在加剧。他进来时,我心受创伤。为了不让他感觉我实在无法忍受他的造访,我老在他想走时挽留他。直到凌晨三点,我俩都精疲力竭了,他才得以出去。我扑倒在床上,快活得泪流满面。

如果邻居正确理解一回一种噪声,那他以后每闻此声,就会明白我在干啥。

梅斯默的想法是一个胖女人的想法。这他心知肚明，有无证据他都无所谓。

梅斯默的目的：自传的第四层次。这个意志薄弱者，他要尽一切花招寻求逃避。思想：暴露和隐藏同样臻于极致。也就是一种既暴露又隐藏的语言。梅斯默认为，这是加利福尼亚的气候造成的。

只要他在这里，他就坚信会发生一场地震，这既有可能是沾沾自喜、自视过高，也可能是长期经验的结晶：最糟糕的事情老会发生在他身上。他每次都为那些跟他同登一架飞机的人感到遗憾。就因为同他一道飞行，他们很快就得死去。离机时他仔细地打量众人。他安然无恙地抵达了美国，他想知道，为此他应该去向谁道谢。

每天去地震研究所。至今一切平安无事。深渊装出它还没察觉我处在世界最敏感部位的样子。我却感到被它觉察了。我日夜等候着来自安德雷亚斯褶皱的回音。被深渊觉察，感到你对灾难有吸引力，没有什么比这更美的了。

自知被爱上了的感觉真是不一般，即使热恋上自己的是灾难。表面上谁也看不出那张裂缝的网络，它像神经系统一样密布在梅斯默的生活里。可那确实是裂缝。奇怪的是，一切看上去都还形影不离、和衷共济。可早就不是形影不离了。是他在维系着它们。他怎么样才能表现得不像个英雄啊。如果他不在暴风雨之夜离开格瑞茨勒峰林阴道上的房屋，就会有从地下喷薄而出的水和天上的龙卷风将他客居其中的这座房子毁灭。他仓皇而逃，为的是拯救 C。值此暴风雨之夜，C 的丈夫正在长岛痛骂他，因为他在这么个灾难之夜留下了 C 孤零零一人。梅斯默回答说，他是为了挽救 C 和那座房子才走的。共同经历过一切的 C 相信他。她的丈夫不信。

他虽然接纳每个人，却不是每个人都一个接一个地浮现在他眼前，浮现在眼前的只有一位：C。正面像。她，热情洋溢。他，爱走极端。

他，一颗火柴头。稍一摩擦就会燃尽。

地震之夜后的那个早晨，田鼠掘出的土丘前所未有地大。

回到家里，他在笔记本里写着：请别再走。你若还要走，请让我留在家里，我不想再跟着。

梅斯默认为，他得时刻做好会被人发现的准备。

我们沿着可爱的黑森林往前行驶。林谷像是在盛邀我前去隐匿。

我想隐藏自己。如果一个愿望如此频繁地袭来，我这样对待它就嫌不够严肃了。我一次次肆无忌惮地决定抗拒这一愿望。我接受暴露我自己的邀请。

人在旅途时，时间最缓慢，在家中最迅捷。因此应该一直旅行不止。

只因自己不强大，一个人需要忍受多少事啊！

他越来越经常言不由衷。他渐渐地不得不承认，他不是他想做的那个人。抑或他应该继续要求自己做那种在能够脱口而出之前先得炮制一番的文章？

我耳朵里听到的东西，好像是讲给另一个人听的。我先得成为那个人，然后才能习惯。人们期望我这样。

一想到今天将不得不极力控制自己，他马上就因预感到那为此需要做出的努力而有些晕眩。

所有陷阱中最严重的陷阱是自我设置的那个。

最严重者之所以能发生，恐怕应归功于下列情形——我们可以逃避自我，躲进见证我们的毁灭过程的语言，变得无动于衷。随语言消亡。

堡垒。渗透。渗透结束。盯着渍印。需求消逝。围墙。遗物。颤动着化为乌有。静躺不动。融解。融解的经历。镇静自若。灾难立至。

暖气遽然中止。沉寂打破了。还有某物的一声叮当，这是金属的兴奋，然后是静谧无声，我听天由命。

他很喜欢自视为一位停止歌唱的音乐家。他的脑海里就像暖气冷却时那样喀嚓嚓响。

我是个不饮酒的醉汉。

他碎化为单独的句子,他将它们伪装成呼喊。

时光美好时我却不知其美好。

我的双脚伸在草里,有数百万脚趾。

我全身充盈着乐音,唱不出口的乐音。嘴巴张开,什么声音也出不来。

我穿行于林荫道。树叶在我身旁奔跑。

我老是只看到太阳落山。

我跌倒的次数比站起的次数多。

我小心提防,脚踩实地。我害怕地面坚硬。

我观看鸟儿如何被某种不会飞行的东西赶走。

孑然一身,了无声息。谁孤身一人,谁就悄然等候。一旦感觉到了上帝,就放声高歌。看透自己后他又将再次噤声。

当你们劳作时,我让时间流逝进我很久以前放在炉火上的壶里。

设若冬天能停滞在冰里,春天以及一切就都不会来临。但今天,光线里,空气中,那光芒,那柔和,很快就会因风、温暖、肥沃、路线、死亡而陶醉。

协调者想不通的一切对一个点会产生什么影响啊。

从邮递员手里接过信件，宛如接过一只充满气的气球。打开信笺，阅读，空气流逸，手里只留下垃圾。

我枯萎地挂在花瓶里回想湿润。钟声湿淋淋地敲响，这已是很久以前的事了。闪电多是打进我的大脚趾甲，无法加害于它。果汁的浪潮排山倒海。少女们被吸引了，拍打翅翼推波助澜。既然这已经结束了，怎么可能不全部结束呢?

我不停地拿两指合上眼睛。我就这样装成一个渴望啥也不再认识的人。

当我的困窘跟不上下一步，当我不知会发生什么严重的事，冬天诞生在一只神奇的核桃里。这下每一种温暖都令我发冷。当我的四肢在种种寒冷里燃烧时，我发着高烧跑上山去，住在一月的森林里，和二月的风暴赛跑着，踏进松软的三月，递给它火。

我在世界上踽踽独行。我可以这么说。我跟其他人一样，没有伴侣。我负载着命运。这是时尚。不可能比我更普通的了。

当人们打开众动物皆毙死其中的笼子时，未来的日子非常可笑。那必须清除的粪便。那曾经溺爱的家当。粪便中全是个人用品。由个人用品变成粪便，周而复始。就连专家也很难区分。

没有胆小。我们不得不强鼓起脆弱的勇气。有些人甚至能用一张爱意殷殷的嘴巴接吻。

我思考一切,可它们只是倏忽掠过,头颅冷冰冰,像座久无人住的建筑。我在匹兹堡机场内感到不适应,就这么回事。

他在城市里走的时间越长,货物的呼喊就越令他难以忍受。越是不知所措,这呼喊就越是刺耳。仿佛一群行将沉沦的活物的呼救。但谁也不会心生恻隐。人们双手捂耳跑掉了。

一下子支付太多钱时那种受蹂躏的感觉。自惭形秽的感觉。就像是经过了一场放浪?

钱制造出一种恐惧的幻想,幻想中出现的除了钱还是钱。

梅斯默认为,钱从不属于任何人;除非它退出了流通。

我们既不会使用它,也不会有啥剩余。

那块绿地。令人羞愧的感觉立至:它是你的。资本主义的最严重的恶果:相信能支付得起的一切都属于自己。

我的衣服多于我的需求。我有些鞋穿也没穿过,衬衫簇新。我的房间多于我的需求。我怕我不需要的东西会被人拿走。

我如此活跃。而且是在都柏林。这好像还不够。

我替商业银行感到遗憾,我在那里注销了我的户头。事情就是这样的。

可笑才是最美的。它是一顶不晃荡的王冠,因此戴在你头上正合适。

需要我帮助的人仍然不知所措。

我们每周会需要多少左拉啊？

现在我又可以坐下，让真实沿着我的油性皮肤跑下来。

我希望，冒险发生于创作中，而不是在行动中。

写作可以让思维速度减慢。如果我今天不借助写作刹住我的思维，它会将我带到某个我不想去的地方。

不可以留下。不同意发生的事情。但还是不抗争。没什么大不了的。看上去应该像是你在控制自己。应该让偶尔瞟你一眼的人感到你很温和。你感觉到暴力。你经历的一切，都是暴力，权力，强权。世界不会顺着你的意志发展。你让步。每个人都被了结。他应该对此点头称是。那是个漂亮姿势。大概源自英国。可能有无法估测的被了结的方式。但越来越少。这周围差不多没有了。在此确实得点头称是。沉默不语，但点着头——这要求不过分。

在潮湿的夏天应该扪心自问。我呼吸空气。氧气不等于一切。不幸是个气泡。它曾经多么轻盈啊。现在由于我的过失而消逝了。我何时还能干点儿什么？被碾成粉末，变成废物。像大多数人一样。但没有默契。就这么回事。跳跃？不。

涂着人造颜料的灰面孔。仿造的植物。我们以历史的舌头在玻璃下面讲着话。我们的毛发呻吟得那么低声，我们都快听不到了。

天空，一个无法放松的词汇。还有潜力。它们一文不值。我们很想像孩子一样天真。我们也呼喊，孤独地呼喊。

生活无论如何是美好的。头痛使之更美好。但此生大多数美好的东西都很短暂。因此有种对钟声的需求，对振荡、轰鸣、回音袅袅的需求。永无止息，过去的恐惧，美丽的恐惧。现在我生活着，毫无恐惧感。

时间在夜的苍穹里叮当作响吗？有什么需要被解放出来吗？我的耳朵老是欺骗我。它们将风声译成德语，给寂静画上句号。

即便在他的房间里，他也受到了他的超强对手的追踪。他不见其形，只闻其声。

当他头回听到那声音时，他跑向所有的窗户，关上它们，断定那声音不是来自室外。直到他躺在床上拿被子蒙住头时，他才断定，那声源不在屋里的某处，而在他体内。

我喜欢一位朋友对一些事情的不敏感，而我同我这类人对这些事卑鄙地敏感且为此无聊地骄傲，嘲笑那位无此变态者。

我不愿自己是现在这个样子。其他人都是这样子，这已经足够了。他们不停地倾诉心里话。他们讲的有关自己的事情，像是在讲我，我从中看出，我不愿像我现在这样子。也许其他人会助我一臂之力。他们让我重获新生。从我自身的体内为我接生。

我谎称很快乐。我谎称生活在一道愉快的霞光里。我的每一步都唤起一种舒伯特式的迷人的深沉感。我走到屋外，我谎称所有最受欢迎的机会已经从四面八方向我弯腰致敬了。我谎称每天令我最有趣的是得知没有我不成。我谎称从没想到过我如此地举足轻重。人人都需要我。竟有这种事！现在可别众人同时握我的手啊！我可不能一下子满足一切呀！可他们不放过我。被这么簇拥着，我恐怕能活到一百一十一岁，也没有一天会感到疲累。我将不知疲倦地满足一切期望。我的生命将成为唯一的一次吻合。我现在举着葡萄酒杯的样子——面对我的沉着，酒杯得当场炸裂。它不炸裂。

让我们彼此扯谎吧，直扯到我们不知天昏地暗。让我们暂时不会受到伤害吧。

一个晴日的怒火。没有痛楚的冷嘲。无缘无故的愤懑。

我感到窒息，似有什么跃然欲出，但没有比这更空洞的了。表述的欲望幽灵似的。

我希望，四面满满的，我的头颅里不停下雪，由于一切全腐烂了，就没什么还会再腐烂。

怀疑自己不幸的感觉仅仅是源自自己的非分之想。或者他们已经让谁将所有罪责独揽了？

想象中的伤口鲜血淋漓，在公园的阳光下吮着冰棍，心灵充满了连环漫画的原型。我们可不可以不订房就继续前往巴赫曼国①呢？除了间或有个被打败的孩子，我们在此还会遭遇上什么呢？

自我指控的程序和自我辩护的程序——这是同一程序。我看不到怪罪和辩护之间存在区别。

梅斯默认为，连对自己也得缄默不语的，那便是真理。

面对那些他感到有些疏远甚或是没有好感的人，他强调他相信跟他们具有少量的共性，他强调得那么厉害，令对方都认为从没遇上过比这更相通的心灵了。就这样，有一段时间他找到了朋友们。

为什么不能对你景仰的所有人立即说声好？有些人根本不喜欢别人尊重他们。

保留是我的真实生活。它像个滚烫的夹子盘踞在我的头颅里。

我不可以让人察觉的，那是我的素材。极尽伪装。而未曾撒谎，确切无误。我现在的形象实在是得变变了，那伪装就是

---

① 巴赫曼国，疑指曼哈顿。奥地利著名女作家英·巴赫曼写过广播剧《曼哈顿的善神》。

多余的了。真理若是灾星，就得回避它。这颇具戏剧色彩。

你可以放心，我越是言词激烈，我所讲的东西就越不是我的意见。我自己也感到惊奇，我是如何努力证明一些我本人也不信的东西的。由于我不相信我想证明的东西，证明它真是困难。别人不是这样的吗？

每当我想讲"不"时，我都讲"是"。此乃事先练就，训练有素。**不**在语言的前沿阵地里就是**是**。无须我这一方面施加影响。

只要可能，我总是讲别人必然会最喜欢听的。有些人我一无所知他们喜欢什么。于是我就出丑了。

如果将一切统计起来，对方向我讲的要比我对他讲的少得多。结算时总是同样的赤字。因为我不能等。因为如果没人讲点儿什么，我马上就会很难为情。因为我什么都回答得太过详细。因为我相信，我有责任交谈。因此我永远获悉不了什么，总是讲得比我要讲的多。

如果我的行为表明，我注意到了对我做出的判断，那就太难堪了。

你得通过凑合而屈服。但你只能相信你是在欺骗，在扮演那个根本没觉得被伤害的人。扮演面对粗鲁无礼压根儿不会受伤害的那个人。你心想，你不是真的屈服。可无论你这么做时是怎么想的，凑合就是屈服。

从前，他确实跑了出去，光着脚，衬衫敞开着。他没在意。他喜欢这样一往无前。女人们，男人们，摩托车，无所谓。他没察觉。那是错的。他蹲在这个大都市里的这块礁石上。他试图靠少量的呼吸活下去。他不情愿地走进最近的电话亭给他的朋友N打电话。他身在火车总站，等着转车，但至少想打个电话。N敷衍着他，十分冷淡，听得出电话深深地打扰了他。他正要同大家出去吃饭。好，好，梅斯默急急忙忙地说道。这只是一种程序式的冲动，你到了X，就给N打电话，好了就这样了，再见。挂上了。他感觉到体内一切都在抽紧。他赞同这一痛苦的集聚。尽可能快尽可能小下去吧。微小到难以捉摸。他坐在站台的长椅上。过了差不多一小时，他才能让那痉挛消失；他才能够不仅坦然面对那疼痛，而且能问候它。就让它痛去吧。就让那疼痛在你体内。千万别反对疼痛。一张火车站的长椅上的这么一种生命的绞痛简直就是最美的。疼痛，这是第四种艺术。位列音乐、绘画、诗歌之后。也许甚至是第一位。对，第一位。还有什么能给人更多体验的东西吗？！更深刻？！更透彻？！你不必旅行、奔波、讲话，你可以坐在火车站的长椅上体验那形象丰富、紧张无比、多姿多彩、清晰明亮地流淌出的痛苦。幸运的人儿！你还想抱怨，现在你得赞美。你得赞美你的幸福。

我能控制自己。我可以满足了。我可以试着像个目空一切的人那样讲话。我可以孤零零像块石头。

就为了不唤醒他想谄媚对方的印象,他曾经伤害另一个人。实际上他是想谄媚他。N博士一出现,梅斯默就感觉到了那种想恭维他的冲动。因此他装腔作势,在他还没能做出决定之前,就向他喊出敌意的话语。那是在一次会议上。N博士走进早餐室。梅斯默喊得其他人都能听得见。他自己觉得勇敢。喂,大家请听清,我在伤害N博士,我不恭维他!他喊的差不多是这样的话:啊哈,这下我明白,我今天夜里为什么做噩梦了,原来是有**您**在这里!我以为**您**今天才到呢。这下我当然全明白了。同**您**共处一屋檐下,当然不会有好事!N博士一言不发,只一味地微笑。梅斯默希望N博士坐到他这一桌来。他向他讲话为的就是这个。但他不可以流露出来。因此他必须伤害他。他无比激动地吞咽下了早餐。他独自坐在桌旁。N博士同其他人坐在一起。他们一再地哄堂大笑。

虽然打算极力避免,却偏偏讲出了那最伤害对方的话!仿佛想伤害的远不止于对方。通过给对方留下一心想伤害他的印象,而造成这样的结果。

如果我们现在不立即殴打一个刚刚打过人、正在休息、喘气的人,我们就活不下去。当然也有双人决斗。这是一种得到认可的打斗形式。据说有规则。据说其中一人甚至会赢。

如果我能有张不带一丝微笑不带一丝寒意的脸多好啊。如果我能做到完全自然多好啊。我的脸太好动了。它不停地在滑来滑去，总有所表示。大多数情况下是人们期望它表示的。它老献殷勤，殷勤过度。

因此他得去。梅斯默想，请你现在就向他们扮演一回劣者吧，屈服者，一个根本不值得考虑的人。他会大力逢迎他们。直至大家只能够笑着说：不，不，不，快别这么说了，这太过分了。他这么做了。没人笑。没人请他停下来。没人说这太过分了。情绪还从未这么好过。他们还从没对他这么友好过。梅斯默决定停留在这一角色上。

他每回都相信，这回终于好了。偏偏这一次出差错了。不管怎么说，这回是以一种新颖的方式。这对于他是最有趣的：当他准备避免重蹈覆辙时，他又犯下一个全新的错误。他似乎有个最个人化的取之不尽的错误仓库。他每次都想问，还有多少啊。可这也会是个错误。

与我无关的礼物，我很容易道谢。但若有人送我什么我想要而没有的东西，我就很难将谢说出口。那时我就愤怒，疲沓，当场出乖露丑。

我的相信关系的能力立马消失。我毫不掩饰地保持矜持。

那不可能是一种傲慢。我的矜持得到了回应。

每个人都心怀鬼胎地转向我。我为了我的目的应答。谈话是一席虚构。

尤其令我痛苦的是,虽然我闭口不提一切有可能伤害到他的东西,同其他人的接触也没有成功。

如果众人都像他对待大家那样去对待他呢?那他会不会就失败了呢?

如果另一个人对我曲意逢迎。如果另一个人这么做,我会怎样谴责他啊?

梅斯默想,为了区分开来,你不必那样想,而是要不那样做。

谁试图让别人了解自己,就得准备遭到嘲笑。谁持有这种顾虑,就不会试图那么做。

你不属于你将自己当作其中一分子的那些人。在哪里遇到你,你就属于哪里。

使用词汇的那些人彼此没有区别。

我总是寻求能同众人和平相处。事实表明,这会招致忍无可忍。自己再也忍受不了自己了。再也不能跟自己和平共处了。

我不重视自己,而是重视我想讨他们喜欢的人。实际上我已经注意到他们现在必然是更轻视我而不是爱我。如果他们这时还能爱我,那他们会是些什么人啊?

我自我感到似在太阳面前逃遁的月亮一样贬值了。

我们得希望受到蔑视。设若我们受到尊敬，会给未来带来不祥。

当我们互不相关时，我们就都很幸福。

梅斯默认为，我不是个导热管。远不止于此。

他人越不能伤害我，他对我的伤害就越少。

他们若能摧毁，他们就摧毁。

对他人任何形式的亲近无不导致敌意。

被那些顺带揍你一顿的粗心人围捕。

如果你能成功地在逃跑时做出滑稽的动作，他们也许会停下来笑。你得利用这一瞬间，以求真能脱身。如果你不能逗得追赶你的人发笑，你就没机会了。

如果众人都像我这样，那就太可怕了。如果众人不是都像我这样，那也可怕。

我依赖于别人对我有个好看法。

二

由于矛盾，我成了我现在这样子。他受到了反驳。我反驳他。流露出来的不是我，而是矛盾。

即使其他人强迫一个人反对他们，也就是讲，即使你在反抗时所做的与他们要求的截然相反，事后观察起来，你也干出了他们想要的事情。无论如何他们对你的影响大于你自己的。如果你的反抗行为一目了然。那事后你就很容易作呕。

他无法像他的对手那样搏斗，因为他是在同善良搏斗，而他的对手是在反对他。

他决定从现在起不再随波逐流。他终于要做他自己了。从现在起他要做跟人们期待他做的相反的事情。他发觉他不是在做他想做的，而是在做同人们期待他做的相反的事情。

我也可以，而且是随时随地，屈服于那从四面八方逼来的抗议，这些抗议连合法都不必。就这样终于产生了一个动作，由于一直受到阻碍，它不能或不能好好地前进。随内心里的光线明暗，一种诱惑人的印象。

我变得很小了。人们停步相骂。他们不太喜欢躬身。我欺骗了他们。我也越来越脱离了我的本性。人们将我们相混淆。更糟糕的是：他们将我和我视为一人。我应该附和他们。因此我也将视我为我。一种尴尬的合并。因为人们的缘故。

一个刚刚似乎还很小的人一下子变得很高大。事后人们得知，他一直就认为自己这么高大。这使人信服。无法模仿。

一系列的事件突然证明一个人清白无辜，一切都被误解了，根本没察觉事情的真相。

每一论辩的词句，无论他在哪里读到它，无论是谁写下来针对谁的，他都得一试，看这种表达法是否也适宜反对他本人。这是那些确实是针对他的论辩文的效果。他现在有种印象，仿佛所有的论辩都是以他为目标的。

当你发觉自身每一情不自禁的反应原来都是歹毒恶意的时候，就可以试一试不同意这一反应。

他多么卑躬屈膝，成了保护邪恶的人：今天的随大流者。

梅斯默认为，挑唆一个他不喜欢的人攻讦另一个他同样不喜欢的人——他若知道他们互不喜欢就会少费力气。

我邪恶得还不够，也许是好得不够。

为自己太不像个罪犯而难过。什么也不能犯。闷死人。没本事作恶，以求得解脱。

不依赖善良、幸福、正确是多大的幸运啊！也可以在错误和可怕的事情里找到出路。可以为所欲为。听凭自己裁定。

我们难道没有顺手牵羊愚弄了所有的主管机关吗？

一方面被教育得舍身赴死，另一方面缺乏真正的道德。也许他一点道德感也没有。没有能力这样。同其他人相比较。希望别人事实上也是如此，这是他的不敏感的一个明证。

有时候我感到亟须同情。

我们的敌人是我们真正的朋友。他们让我们觉得被视为艰难的死亡变容易了！

该如何想象敌人呢？最好是压根儿就无法将他同自己区分开来。

意识里位置太少了。他被固定在被击打处。

得像欢迎某种温暖人心的东西一样欢迎谩骂。

一旦跌倒了，虽然哪里也不痛，他也情不自禁地一瘸一拐。当你一瘸一拐时，你就不由自主地感到有点儿疼。这下开始抱怨了。

某个人长时间对你不闻不问。后来他挤进来，那么卖力，装得好像是一直跟你形影不离似的。我觉得这折磨人。我因没有他而痛苦过。他没因缺了我痛苦过。因此我也因有了他而痛苦。有我无我，他都会从中得到快乐。

当你身陷困境时，你会慷慨地估测可能的帮助来源。你在思想里鼓励那些半生不熟的根本无动于衷的人来帮助你。你会理所当然地想，如果他们不立即放下一切，前来助你，那真是匪夷所思、令人愤慨。你只要花上一秒钟想想，当这些人求助于你时你会感到多么出乎意料，那你就会明白，期望得到这些人的帮助是多么不切实际。身陷困境意味着给自己制造幻觉。

他竟然不谈此事！我极其确信，他一定会谈论此事。可他根本不想谈它。至少知道他是否真的不那么想，或者他是否一直在想他会谈论此事，这对于他是多么的重要啊，正因为这样他不谈此事。可这些他不知道。他不是那些会谈论此事的人，而是那个依赖对方谈论此事的人。他是低能儿。另一方是强者。他也曾经是个强者吗？

他认为别人必然参与同自己有关的事，这是从前他还群居着、耳鬓厮磨时的一种感情。寻找这一接触的直觉还活着。但他啥也找不到。

意识到历史的不幸。没有责备，没有过错，甚至没有一丝遗憾。没有财富，没有特别的光亮！只有无法拼凑成图的碎片。它们得作为碎片保留着。也没有历史。

印第安人相互折磨，因为自愿被兄弟和朋友折磨不及受敌人折磨疼痛。那时候，不考虑敌人加之于身的疼痛有多少，再大的疼痛也一定能够忍受。如果学会了一次次忍受疼痛，紧要关头就可以全副武装对付胜利者加之于身的剧痛。虽然我们不想用刀子否认我们的练习，但这一实习让人感到并不陌生。

你思念只要你不动就不向肉里钻的刺。置身于一种伺机吞噬你的威胁中央。只要那东西不向自己逼近，你就忍受。自己不动情势就不会更严重，尽管这情势不舒服，你也能长时间地忍受。那些似乎有利于改善的动作，由于它们跟每一个动作一样，也有可能导致更糟，因而被放弃了。忍受一切，放弃一切。

我多数情形下没有感受的勇气。我总是得向我自己要求比单纯的感受多得多的东西。由此必然会产生的工作令人疲惫，它们比那总是摇摆不定的结果更重要。我无法忍受自己不是精疲力竭。

我尽量尝试着回避从遇到的一切朝我发出的意义。或者，更准确地：我不回避，而是将那些意义弯折得我能够忍受。

早晚一切会成为艺术。

我希望我可以待在房间里，不必告诉任何人我为什么不想出去。我知道我为什么不想出去。可我的理由太可笑了，我至多是在刑架上才会招认。

我喜欢这个却不喜欢看到这个。乔伊斯的卓越对我无所谓。我向某台电视机倒去。

我住得优越，只是有些小小的痛楚。

我无法谈我的痛楚，它太微弱了。但我可以闭口不谈它。

如果这种痛楚减退，请你以让我最高兴的方式为我感到高兴，好吗？行。

我对你们一无用处。我等着你们的消息。

如今有用者就已经很少有用武之地了。我没有因此更无用，而只是更多余了。

我想唤醒那种我生活过的印象：我熟悉一个人什么也干不了时的那种感觉。

你本来可以。但你不能够。

无论如何我将干点儿什么，或者至少我想干点儿什么，如果不行，那至少我有必要干点儿什么，只是干不了。

这么明目张胆地找借口。显然我们是被告。别人不相信我们无所谓。我们得为了我们的缘故扯谎。

你在前行时不停地约束自己。你之所以动用这一行事方式，乃因你担心走得太远。

他越是严肃地审判自己，就越是不严肃。

我既健康又有病。

让你安静吧。

你可以过一生。差不多没人会对此持什么异议。特定的前提下，连双重生活也是允许的。但那样就不同了。那时你就得隐瞒。尤其是向你自己隐瞒。

我常跟我自己相约却不去赴约。但愿我在讲我对自己的看法之前死去。

但愿我现在可以打，殴打，直到双手痛得我再也不想打下去了。

整个晚上，也就是说差不多三个小时，我坐在那里，缓缓地喝着一瓶一九七〇年的马孔酒,一次也没将杯子放回桌子上,因为我想将它攥在手里,以便随时可以将它向墙上掷去。

无人会向不幸者伸手。他不懂得尊重。

我不想再见到他。不想见他。我鄙视这位先生假装的微笑。那位先生激动的刺耳尖叫和妄自尊大的共和党人的不成体统的自由主义的爱情。我哪里也不想去。既不想在这里也不想去那里。我不找理由恨我。我得尝试着爱我,至少忍受我,毫不费劲地容忍我自己。照各位先生看我的样子,我是令人无法忍受的。如果我孤独一人,我就忍受自己。如果其他人在场,每一秒钟里将会造出数小时的不善来。我们开车远走吧。下周。但别跟一位同病相怜者同行。千万别有对照。没什么比相同命运更令人羞愧的了。面对他们,那柔和的成见消失了,可鄙的诊断就锃亮地显露出来,就无法拒绝你自己同样如此的看法了。秋日。诗意的日子。空气湿润的气息,黛绿色。到处是死尸的狂欢。树叶的火焰。我们请求下雾。亲爱的天气,行行好,以一目了然的白色蒙上我的眼睛吧。

他的房间的墙随时间的变迁越来越圆。他的房间里生活着一位姓斯卡达奈利的人。他的名:伊默尔逊[①]。这位伊默尔

[①] 伊默尔逊,德文"总是如此"的意思。

逊·斯卡达奈利真令人遗憾。但是，当然远不及假如伊默尔逊·斯卡达奈利先生从前名叫荷尔德林那样令人遗憾。

你住在一台机器里，有干燥的黏膜，光线刺眼。打开暖气机时，房屋战栗，蜥蜴的灵魂在壁炉里咆哮而起，化作幸灾乐祸的灰烬撒在大地上。

一群亲戚晚上进房来，吸取尘土，求助于我，我建议：小心。别忘记我。

不管你向往何处，哪里都有偏移。我不敢独立自主。当我不依赖他人时，我觉得自己像个罪犯似的。对于我来说我祖宗的痛苦了无意义。我放弃他们节俭的生活。

最大的奢侈是威严。我若有威严我也能乐观起来。赞同的问题是个大问题。威严稍逝，就会若有所失。就开始过量地吸烟，睡眠不好，患上盗汗，害怕不安。我向医生提出我的诊断：威严渐失。我已经从他的脸上看出来，我会忍受不了他的回答，于是我说：回去！回到犯罪那里去，回到玻璃建筑里面去，回去将大事化小，回去公开自己的困窘……医生打断我。天气，他说，别不重视天气！我说还有语言。他说太阳透过词汇照射，你还想要什么?！威严，我答道。感觉到他的蔑视如一剂药，我告别而去。

最高境界：将自我不作为主角而作为配角表演出来，如果能成功地做到这一点就好了。

我得将我像根钓线那样收起来撒出去或放下来,无所谓,我缺少的是为某种意义而需要的勇气。

如果我能从一个或多个充满快乐动作的房间里报告,我将会报告。

个体是个傻瓜,可以搬来搬去。

设若还有其他什么的话,他也再没能力去感受了。寒冷和可憎,这就是他感受到的一切。四周围。在他内心里。由于事已如此,他发现,思考周围的寒冷和可憎是否先于他内心里的寒冷和可憎已经不重要。他当然宁愿看到,在他被充满的甚至感到被其控制的寒冷和可憎上他自己是无辜的。可他不敢扮演法官的角色。他反正会毁于这一寒冷和可憎。对他的器官的影响日见明显。这一作用无法减弱,只要寒冷和可憎形成一种统治的气候。这种气候,不管是谁造成的,都是无法废除的。他真愿相信,只有他一人是这种气候的牺牲品。可他怎么能知道,隔上三条街是否也有个人同样像他这么坐着在思考,T. H. 梅斯默对他坐在那里会表示怎样的同情。

我发现处处都冷。但我无法加以证明。

我现在有理由待在家里。不是因为我看得够多了。谁也没有看够。每个人都看得太多。

我不可以凝视一把刀子。我相信，我的兴趣是：避免注视一把刀子。尤其是这种尖尖的锋利的微微弯折的拆信的小刀。我现在已有三把了。我的办公用品供应商每年过圣诞都送我一把新的。好像他想让我老是回忆起什么来。

梅斯默声称他不是一直就怀有敌意。他成了这样，被变成了这样子。他威胁。这是他最喜欢的情绪：进行威胁。另外他又很想参加和平运动。可他发现，像他这种情绪，他没有权利作为和平之友登场。当有人想争取他时，他说：可惜我是个敌人。

当他威胁时，没人严肃对待他。威胁不会带给他幸运。

如果我暴怒，如果我暴怒过了，我会小心翼翼地将碎片扫到一处。

难道不是每个父亲都手持鞭子将那些还想留下的孩子驱出门去的吗？

死到临头会镇静自若吗？但在棘手的瞬间，在挫折的瞬间，人们总是为时过晚地想到那善良的、勇敢的、可爱的、庄严的、仁慈的、温和的、神奇的死亡。先是生活的痛苦。想到死亡时才想镇静自若已经为时过晚了。

比起生你若偏爱死，那是为自己办了一件善事。

如果一个人喊叫到死。如果他压根儿不能控制自己。如果他总是抗议。如果他压根儿找不到理智。如果他吼叫出来的仅仅是他的恐惧。如果他只是絮叨他的胆怯。如果他大吼大叫，说他死之前要将世界炸上天。如果他吼叫，他不允许哪怕一个人活得比他长久。如果他砸碎他能找到的全部唱片。如果他不允许某个人幻想他会向他辞别。如果他要求，大家都得一直围在他的周围。如果他向每个接近他的人吐唾沫。如果他要求大家都应该当场切断脉搏。如果他做出匪夷所思的举止。那他的行为就是正确的。恰如其分。

当他下次死时，他将戴上耳机放起布鲁克纳[①]的第三交响曲。他自己的死亡可因此变得伟大一点儿，它将不仅仅是他自己的事。属于正常死亡，他将进入天国。

将与死亡无关的一切都夸大其词，与其有关的一切只能打些折扣。

我被夹在生死之间一动也不能动。

你也得像戒掉其他的瘾一样戒掉生活之瘾。

在一个还没料到会死的年龄死去是不是更好呢？

沉醉于生活之中。得将它从我嘴里抢出来，即使牙齿也被抢掉了。

---

① 安东·布鲁克纳（1824—1896），奥地利作曲家。

当毁灭接近时，虽然知道那不可能，却试着熟悉它。

说到你的裤子，你还可以活得更长。只是缺乏勇气。

无人承认，他曾经生活过。他用一根儿童的手指指着白色的斑点，那时还没有他。冲一个人喊：你这未能如愿以偿的家伙！诅咒着下台。

我所后悔的：我伸手同一些反对者相握，闭口不提我的蔑视，在我本来必须喊叫的时候友善客气。

他无能的意识在他的体内那么缓缓地漫开来，有希望在他死亡前夕完全充盈他。

你现在将作为动物而死去。坐着，再无猎物。你会不知道，你多大年纪，但准确地说你会同意你的真实年龄。

目光下垂，直至你除了你的鞋尖啥也看不到了。

如果你只能朝一个方向看，那就完了。

我直视死亡的脸说：你不存在。

像受委托似的，你的听觉判断来到的一切。眼睛已经怀疑起它们的事务了。你的心脏聚集它想屈从的沉重。

重量统治着时辰。我的重量略大于这世界。

为了不错过它，那是根滚烫的铁丝，人们在上面起舞。它架在一道灯光闪烁的深渊上方，万物之上的天空闪烁着。眼睛被照花了，无论如何我们是一步一步地走进恐惧的空间。

这位胆小鬼讲着，好像他属于一股已经到达豁口的水流，它将由这豁口汩汩涌下。

只有当你前进或后退时，你才能在这根铁丝上保持住平衡。一旦停止不动，你很快就会双臂在空中乱划着知道这是跌落前的数秒钟了，是的，那在空中挥舞的胳膊已经属于跌落了。

他使用起简单的工具时生疏、粗暴、无所适从、拿捏不定，却能够啜泣着观看每个冬天。

如果我从我自身引出结论，我就要遭殃了。

沉默，回避，远离。头脑里只有一种迟缓的嗡嗡声。为了阻碍清晰的理智。我想不考虑我自己。

我放弃一切行为。我将我冲下去。嘴唇投身牙齿之间，因为牙齿的这种迅速生硬的相互磕碰叫人无法忍受。只要我还有性的倾向。这样不是更严重吗？只对他人而言。因此有外流的游戏。掳掠更贫穷的居民区。袭击护婴站。细小鱼群里的甘油炸药。在左手的帮助下剁掉右手。右手只能剁掉左手。接下来将是：未经一致同意，你的冒险意识就从你的知觉的屋顶滴落在你的知觉的地面上。这部长篇小说的名字叫作：钟乳石。

我曾经希望，我希望，我点数希望，尝试它们改变它们，我只怀着合适的愿望。我不敢着凉。

当我夜里醒过来如厕时，我会敏感得像动笔撰写《杜依诺哀歌》的里尔克①。

谁会这么轻松呀。有谁这么轻松呢？单身汉回避自己。有牵挂者彼此分担。事实上没人躲得过。昨天我本想在秋天放缰奔驰一场。横穿田野，雾湿淋淋的，雾蒙蒙中回到有着木柴、水壶和毫无恶意的谈话的火堆旁。我也累了。可因何而累啊！

被基督教所伤，它站在他的躯体对面，彼此势不两立。他想一再地欺骗自己，真的想认输，满足——徒劳。他无法适应他的身体。无法适应身体上的一切。身体各部位成了他不舒服的一个不尽源泉。死亡和魔鬼，这就是他的身体，而非别的。

我羞惭，却不敢承认是为了什么。

你永远不能让我相信一名天主教的神甫也会撒谎。

弯道那么远，让你不能回到主道，甚至忘记你拐过弯了。在支途上走久了支途就成为主道。幸好一切都在失去自我。要求在迅速萎缩下去。但由于它们曾经很巨大，数十年后它们仍会有所余留。最古老最早最疯狂的余留得最多。

我们感觉不到自由。逃走的奴隶。潜伏在暗中。我们满含恐惧地希望主人追踪我们。

---

① 里尔克（1875—1926），奥地利诗人。《杜依诺哀歌》是一九二二年完成的，是他晚年最重要的作品之一。

耶稣受难节，一种流过岁月每天都得舔干净的液体的名字。

傍晚时分一位黑人冷得直哆嗦走过你的窗外。那女孩仍然像四小时前那样在笑。树木绿油油，令人费解地威胁着。活着的人，一无所获。

在这么一个失望的日子得消费消费。请来些什么新鲜的。什么光彩照人的。贵重的。安宁存在于生存的前沿。我是图勒①的国王。

运转在其最后的轨道里驰骋。云烟冲下来。明显的出乎意料令眼睛变色。

迅速而不定，充满意志和空虚，精疲力竭地，我们一头栽进深渊。没有希望，忙碌攫住你。

至少在下滑。越来越快。在这种速度下你渐渐地相信，这是一次跌落，这毫不为奇。毫不为奇，你想停止，尽管你疯狂地朝四周围乱抓，却停不下来。压根儿，毫不为奇。

如果我能向我讲点我喜欢听的东西多好啊。

我显得不利于我自己。

明显地更累了。下来了一级。他不可以让人感觉到。他得在人们最后看到他的那一个台阶上站起来。

---

① 图勒，古人认为的地球最北的地区。

总有一丝微痛存在，予我宽宥。如果没有它我得让它产生。

你走向一个窟窿，明知你会掉下去，果真掉了下去。

我就快承受不起我自己。

如果我不想倾听，我就得感觉。

我也不能对一切听之任之。

我不听我自己。

我对我的耐心没有完结。

我不放过我，我渴望我。

我鄙视我这种人。却不鄙视我自己。

如果没必要，我将不呼吸。

我被胶粘在一种痛苦里。

我想被我所解雇。

与我有关的一切，不仅仅是吓着我，更是使我瘫痪。没有什么比这种对我自身增长的兴趣更缠人的了。我知道，我不值得自己这么感兴趣。我从早到晚监视我。我不打哈欠。没有哪部侦探影片比我对于我更扣人心弦。没有哪里发生的事像我内心里这么少。概括地讲，我可以说我是空虚的。不是空得不得了。就是简单的空。狭窄空洞。灰暗，狭窄空洞。我空得叮当作响。我曾经是另一种样子的。我不可以声称，我曾经较为年轻过。我有我看上去较年轻的照片。我回忆不起来，我感觉到我较为年轻过。我从未想过：我的天，我是年轻的。我从未讲过：那还用说，我年轻。我总是像现在这样紧张地观察我自己。我总是在期待着什么。我不知道，这种期待是如何产生的。自打有思维能力以来，我就处于最紧张的期待状态中。我不知道，我期待我自己什么。这必定是某种不寻常的东西，要不然我不会这么紧张。无论如何我所做的一切无悖于我所期待的。我不能指责任何人向我注进这一期待，这也是肯定无疑的。当我头一回讲**我**时，它就存在于那儿了。没有这种期待我就不认识我。我就是这一期待。因此我也就是这一失望。我沿着一丛枯干的灌木往前走，除了以越来越疼的手抚过坚硬干枯的刺人的树枝不能做别的。我觉得，这世界充满了绽放的、多汁的、馥郁的、轻轻飘拂的灌木丛。它们不在我的路上。我接受到的声响、动作、面孔、思想都是怎样的啊！比如说那是怎样的嘴唇啊！我有权光因我的鞋而生气。我还没穿过合脚的鞋。好吧，这很可笑。一个奢侈的问题。有一段时间我这个阶级的人根本就没鞋穿。那时候，如果他至少能有一双显大或显小的鞋穿，我这个阶级的人谁都会高兴的。而我的那个可以叫作唇的东西，比起我那两只只见过显大的或显小的鞋的完全不同的脚更糟糕。我的嘴唇可怜得很。不是它们太小了。相反，我这么个人不该有这许多的可做嘴唇的材料。我不知道拿它们怎么办。这引人注目。我的嘴唇……这听任使用的材料，我无法把它们做成比较像嘴唇的东西，我不能以之形成一张嘴。可这并不太严重。我是——这我也知道——这个时代的一个最幸福最令人羡慕的人之一。我同我的期待融合为一，它难以同失望区分开来。我没有感情没有痛苦地幸福。我形成不了一张嘴，这只是外表方面的一个缺陷，对于我的美妙的没有痛苦的无知无觉，它不是最重要的。可怜，这是真正的心境。只是别让生命长成杂草。我可是看到，听到，甚至闻到，那些更富有生命活力更充实更漂亮的人是如何因了他们的装饰而痛苦。我冲一切的装饰发嘘声喝倒彩，虽然我的嘴唇很难发出嘘声来。我的状态上最美的是，它什么也不是。我的在期待和失望之间迅捷摆荡的本质不允许这样。我虽然极愿声称，期待和失望，我的两种本质，是一体的，我就是它们的一体，可人人都知道，无法让这两种核心有哪怕是一瞬间的融合。核飓风最大的融洽里在不停地发出咆哮。这一最微小又最强大的来回无法停止。一旦失望将我心里的一切僵化，它就以其最大的锋利度释放出期待，期待别无目的，只是通过不停地蹿升准备一种配得上它的失望。是的，这是很紧张的。真的，我可以说很幸福。

每个以我开始的句子都应该划掉。

我什么也做不了。但也不能什么也不做。

刹那间所有的人都那么棱角分明，我不得不担心会在他们上面割破。

万物皆有这种锋利。这种我得提防一切的感觉。如果你还想生活，你就根本不可能像我认为必须的那样小心翼翼。一旦我无法像我相信必须的那样小心，犯了个毁灭性错误的担心就会令我颤抖。

我以拳抵眼熬过了这一天。在我的黑暗世界里下着黑色和红色的雨。

如果现在世界缓缓破裂，我会觉得这正合我意。

人是那种使人心情烦躁的喧嚣。

我可以像仆人杀死一位令人难以忍受的主人一样杀死自己。

精神苦闷时，嘴里的自来水就像加了糖似的。

我很吃香。疲累同苦闷争夺我。苦闷不愿将我让给疲累。

晕倒前的一瞬间，空气散发出醋味。那么强烈，仿佛在闻一只醋瓶。

我们知道那是严肃的，但我们不相信它。

我什么也不明白。我仍然受囚。我不想从错误里出来。

我生活着，又像没有生活。

我还能动动手，真是了不起。

最好什么也不做。如果还要做什么，那就是作一场招供。

我要招供的东西，人们是不会招供的。

你怎么能够查出来，你是否还有能量呢？无论如何那你再也没有了的信仰会毁坏你现有的信仰。

每当我得下地时，我就开始数数。

承认什么意味着宣扬它。

昨天，当我没有现在统治我的这些不快时，我欢呼雀跃过吗？没有。你看看。

我现在若知道啥事最容易，那我就会干最容易的事情。

我本不可以往后靠的。现在我再也直不起来了。

被限制到了极点，现在我还得维护这最后的极点。一点都少不得。最不想要的就是这个。

他到了只能再描写他的洗衣机的噪音顺序的地步。他再没有能力经历其他什么了。

我想将我折起来，像折一张一个我再也不去旅游的国家的地图那样。

但愿我能弯到不能再弯曲的程度。

现在再剔剔牙齿。什么都得一试。然后你就倒下去，在野外腐烂。

你得变得跟沙一样。那你就成功了。那你就隶属于沙了。

隶属于剩余物。如果余下什么，那就是沙子。

瘫倒时你当然精神完全集中。

躺在路旁的壕沟里，被代词离弃，只有一张脸，车轮的溅出物从它上面滴落。

如果你天天喝同样的汤，你就会爱上它。

一点点地，强迫自己穿过一动不动的冰层。

说不定你明天会得到点儿什么值得为它活下去的东西吃。

我们无目的地相觑着。

大概，你若想被人爱，你也得爱人。

三

打开窗户，让冬天的空气啮食你。

生活这东西处于反对它的一切的对立面。

群山似乎是你的伙伴，因为它们与你相距遥远。

先前你的位置上没人，现在你的位置上也没人，但现在你的位置上缺人。

一旦我沉思起来，我因迟疑而再也达不到的是某种装饰我的东西。

你需要坚硬，要不然击中你的东西就会穿过你找不到自己。

我只对装模作样的呻吟感兴趣。

要想看看你所思考的是不是你想思考的,你得将它记录下来。

内心里重物想动。一句话行将出口。拿眼睛找个目标。那可就是个借口。

你看到知觉以比光速更快的速度越过词句,在知觉到达那里之前就已经知道了,它将结束于**低地德语**这个词。

你已经多久没再冒险感觉某种无法证明的东西啊!当某种无法认清的东西到来时你总是回避开。不是一切都得到证明,但应该让人感到一切都可以得到证明。胆怯就是这么产生的;那巨大的笼,它本该保护你却关起了你。

跳起来!成为整体。让声音响去吧。离开业已发生的。否认沉痛。看看,你的影子在歌唱。让它唱第二声。也许那时它就会起舞。

抗住它就行了。将反面的弄出来。一种你不会有的不存在的情绪。在士兵身上人们称之为勇气。在女人身上也许叫作爱情。

每个人都为了至亲者伪装自己。他也想像其他人那样。室内安静的房子,风声会很大。寒冷在保温的墙上作响。我们像普通人似的交谈。我们宁愿梦想一切,而不想讲它们。

表演一个在表演过后人们认为有理由死亡的角色，这就是现实主义。

感觉，将它写下来，检查它是不是你感觉到的东西。然后纠正在写下时词不达意的内容。纠正毁掉了写下的东西，却没有把握住最初的感觉。得从头开始。不打算认为某种特定的感觉是合适的。

我真想记下每桩普通事件的真实原因。可我做不到的正是这个。我会因此加强它。我会将其针对我的重点恰恰引向后果最严重的方向。我令其一般化，从而进行抵抗。起因由此模糊不清，就像碑石之于尸体。你可以立在它面前却感觉不到恐惧。

如果你对那些手段再无所求，它们就会自动消失。只剩下表现者。

对于创作来说，这种现象是典型的，创作只容许自己的观察。

写一本反洪堡的书。满是春光和温柔的草地。演员们得表演，走上松软地迎迓每一步的草地是多么美妙。如果他们能表演洪堡那恐怖的坚决性，他们也应该能表演这美妙。两者都没有，两者都得表演。左边得以浅色的阔叶林作界，右边是一片浅色树梢的黑暗的冷杉林。中间是平缓上升的草地。后面是纯洁的南方，圣提斯①之类。可一人该拿另一人怎么办呢？他们大家都只能受罪。

梅斯默想，从内心里表达出什么来，而无需多少来自外界的帮助，这一定是最美的。

我一点儿不比你们更美。我从不给出多于我得到的。我甚至负债。我债台高筑。

我的工作是旅行。换班次，危险。最危险的是在苏黎世。那么多的人往来穿梭，越来越多的人越来越经常地被迫停下来。他们的果决不是那种将挡他们的路排除掉的暴力方式。他们也前进不了。因此最理智的是，站在那里一直等到道路又空了。但这是危险的。穿梭往来的人群看上去就像停步的人群。有种陷入了命运的沼泽地里的感觉。感到解脱了，不必到达目的地了。你要往前，你要到达，但做不到。某种希望告诉你，如果你转身，踏上回程，挡在你路上的人会少些。现在唯一必须做的是：你得转回头。可旅行是你的工作。在你可以转回头之前，你必须先到达。你依赖于被当作可信赖的人。现在堵塞又好转了，你可以走了。虽然你一再地被堵住，你索性站在那里，不顾时间地等着，直到道路又畅通了。你可以回头，这一疯狂的

---

① 圣提斯，瑞士境内的一座山峰，海拔 2502 米。

道路的变种被战胜了。你会到达的。像以往一样。

当他这么喝得醉醺醺地坐在一辆漫长地行驶在狭窄街道上的出租车里时,他感到他是冲着什么驶去。总不可以错过生活,梅斯默想。最好是穿行在陌生的城市里;不给你的熟人打电话;购买戏票;错过演出;品尝死亡之念的甜蜜,像品尝某种你不相信的东西。

这个小小的圆圈。然后就是荒芜。我们仍然是冒险家。

只剩下唯一的一种感觉,他既可以称之为向往也可以称之为羞愧。

当太阳照耀着他时,他合上眼睛。一旦一缕云彩投下清凉的影子,眼睛就又睁开了。

一页白纸宛如一座空荡荡的教堂,发出回响。

他向往着能作一首诗。他无法讲出他的心境——他认为,只有作诗时他才能道出他的心境——他觉得这是种不屈的折磨人的东西。一种苛求。

一夜之间写满世界上的全部纸张。

一天里发生的事远多于一天内能写下的。只有在一首诗里才能道出一切。由于他不能作诗,他感觉现代人无法忍受诗。

梅斯默是位笔相学家。在死人身旁他感到愉快。置身死者中间他感到比置身于活人当中活泼多了。置身活人中间,他身上的一切慢慢死去；置身死者中间他重新活过来。如果他遇到了荷尔德林①或克莱斯特②，他当然有顾虑。他就像害怕活人似的害怕克莱斯特。面对卡夫卡③他既怕又不怕。他不怕荷尔德林，只是心怀顾虑。最近荷尔德林询问他的职业，他爽快地回答说：光学家。

对，弗利德里希，我们需要英雄来训练感官，刺激我们不要停留在现状。

人竟会迷失在故事里再也找不到出路！但至少表现得永远不会迷失。每天这样谨小慎微，一生之久。总是屏住呼吸。如果不精力集中的话，也许就会一事无成。就这样穿过虚空跌落。

如果还有那种将信息存进大脑、送往远方的职业——这将是适合我的职业。

有时梅斯默想将每一句话镂金。这句话只能在傍晚时讲，它应该跟总有点儿凉的石头地面相配。

他毫无疑问是过过礼拜六的。

在薄暮的包厢里，失去了冷静，放弃了。一条腿证明另一条腿的存在。我兴奋得高喊，静谧。幸好一只狗将傍晚带给它

---

① 应为约翰·克里斯蒂安·荷尔德林（1770—1843），德国诗人。
② 应为海因里希·克莱斯特（1777—1811），德国剧作家、小说家。
③ 弗兰茨·卡夫卡（1883—1924），用德语写作的奥地利作家。

的疼痛吠了出来，因为人们离它而去了。

音乐令人沮丧到最美丽的程度。我被时间教堂的声音包围。思绪如泪。我结束于其中的海洋叫作十九世纪。

我们对一九〇〇年的悲伤的了解甚于对自身悲伤的了解。我们只感觉到被抛弃了。但不知被什么抛弃了。

如果我们乘车驶进黑暗的荷兰小镇，就会真以为回到了一九〇八年。乘务员像鸟儿似的愉快地吹着口哨。这在暮雪的雾霭中听起来很滑稽。

我也喜欢想象我是一架钢琴，钢琴的主人业已谢世。谁喝水时还能有十九世纪如歌的快感呢？谁不因怒火和急促而龇牙呢？我想吻某位画家的后颈。费尔巴哈。我的眼睛无光，我的唇缺少世纪感。我不可以被运输到东京和曼哈顿去。我从错过中寻找我的好处。我想享受我所缺少的东西。如果我死去，什么也没结清。我以越来越难为情的微笑堆筑的债务比我长寿。如果会发生什么无法解释的可怕事情的话，那就是消灭我的债务。我这么讲，是以免你们产生错误想法。不允许再生出一个麻烦。账目理当结清，不拖欠。我想像无数页纸中的一张一样降落。纸上注明了：结讫。

可其他的呢？还有什么呢？没余下什么政治性的。也许一个句子。无法讲出来的。因为它一讲出口就错了。这个句子只可以对我讲。

许多正在老去的比先前更能沉默不语，这可以讲是一种能耐。

再也没有敌人了。只有针对虚无的侵略。不信教者发出的诅咒是可笑的。如果一切都是虚无，那么，请闭上嘴巴，你如果将它张开，你就得承认，你在幻想，你有所信仰。宗教的第一个发展阶段在一个人应该爱他的敌人这句话里臻达顶峰。宗教的第二个发展阶段，它将不再自称宗教，可以用下列句子起首：再也没有敌人了。

先是人类创造了上帝。讲说这一创世的故事。直到那个人类不再知道是他们创造了上帝的时代，届时人类开始思考上帝是否存在、上帝是什么等等。

冬天上帝偏爱驻留在我所在的坟。风儿冬天也喜欢跟我往来。当然冬天也有许多东西逃离我。于是我就单独同上帝待在一起，无法分清他和我。我说，他是我的化名，他说：名字是垃圾。我喜欢同他不着边际地交谈。我摸摸光秃秃的下巴，说：我的胡子跟你正般配。

梅斯默想，上帝是我们心中的洞穴，我们的黑暗存身在那些洞穴里。

四面八方都来邀请你幻想。蟋蟀啾啾，仿佛你就是其中一分子。

温暖在我的身上晃荡。

深深地下到草原。他们骑马。地平线跳跃。后来他晃晃荡荡。他们冲断了最远的线。他们还没来得及喘过气，下一道地平线又吸引住了目光。眩晕。皮肤起泡。冬天。他们不希望死在这里！冬天！他们可不在同一痛苦中沐浴两次。

最好是类似高空风化的石头。

梅斯默喜欢爬山。下山时，他担心那模样太滑稽。

梅斯默想，我听任人劝，乘火车驶进早春的田野。

坐在温暖的影子下，他无法担心，难以想象秋天之类。没什么使他疼痛。就他所知，他一次也没感觉到过。鸟儿嘈杂，他丝毫不解。

浑圆蓊郁的树冠上方，八月的蓝天浮着几缕厚厚的白云。深蓝色。时值一点半。没有蛆从光里爬出来，他认为这是种奇迹。

我抬眼望表，从所有的杯子里啜吸无聊。

你知道，我是一只野兔，在犁沟里，很悲戚地蹲身等着第一声枪响，然后我就开跑，看到了世界在脚下翻滚，猎人们惊愕不已。

我们在八月里谈到过秋天。现在，当秋天莅临时，我们宁愿沉默着注视它。

梅斯默想，生活从不带给众人同样多的欢乐。

梅斯默想，如果树木活得比我们长久，这事严重吗？

像月亮缓缓升起，他想沉落在山丘后面。

生活在耳朵里轰响。鸟儿抱怨严寒。太阳照在我的手上。

只谈熟人们的礼拜天。最后的一个才有必要讲，其余的一切大家都熟悉。就这样木瓦屋外出现了宁静，无尽的阳光照在没有活下来的村庄里。

他很喜欢圣诞树。它们让他感到沉重，神秘，无比肃穆，大腹便便。

你的寒冷聚集成发热。头颅里刺眼的绳索绷紧了，有什么东西在上面跳舞。抒情诗快要突然出现了。

麻烦。这种歌唱的愿望。这种打开嘴巴沉默无声。你受到了诅咒。那是谁呀？

留在我近旁，我的地平线下沉，琴声渐逝，我把歌剧佩带在身上过夜，让我的呼叫来找我。

空虚可有个声调吗？风吹拂着树木，时间使你绷紧。

我想唱出通过我的生命产生的声调。

由于缺少困境，他不知道该干什么。他在当时当地摇摆不定。他是个被束缚的动物，它装得想自由的样子，却享受着囚者佳饽。

他想做的是一只至少有暖气温暖着的树枝上的鸟,安全,自由。

平静地,面对众人,他活泼地生活在这里,像少数人一样的消费者。他是尖尖。金字塔驮载着他。

为什么不听凭指责?我听凭了指责。这将是一句骄傲的话。

减法时他总得屏住呼吸,直到得出结果,要不然他就出来。加法时他可以继续呼吸。

梅斯默想,受过苦的,死去了。我们闻嗅着痛苦的芬芳。

我们是某种大声吵闹的东西,但也是种弄得雪花纷飞的叽叽叫的东西。

如果呼喊过,我就会知道,我想要什么,梅斯默想。

我若是一部分,属于其中,一定会安静。

我愿像个愿望。我想站在门槛上。一日之始前的那一天。我不想成为过去。

我们就这样相互联系,我们怎么也听不够别人是如何地惦念我们。每个人都想是受惦念最多的。

人人都是一个外星系,只在心里呼喊。

我们为什么不手拉手呼喊?

我们忍痛受苦干得比那些行动者还要多。我们载着世界。

呼叫是了无意义的。要沉默很困难。以一种传染的方式学习笑。

埃阿斯①来自阴影。对我讲点儿什么。你的评判我最感兴趣。

探耳人类之上。我听到风，时间，别的一无所有。也许我沉落了，我的嘴里也许满是正在前往目的地的鱼。

大胆多于损失。生活属于我们。死亡不属于。木头，一种服装。胜利，习惯。谜语成批地投降。试管里的圣人。没有一条河流没被横渡过。现在我们等候缓慢的心灵。

一切都想经欢乐浸染，痛苦也行。眼泪是对葱、爱情、仓促生活的一声回答。我欠着债。因错失而粗糙。我本有为善的理由。我只是知道得太晚了。

这么轻飘飘地挂在屋顶上。忙于设计容易忍受的行为。只需要面临某种东西，你害怕的东西，不能忍受的东西，那你就会自行设计出能够忍受的。

从五十四岁到六十三岁，塔西洛·赫尔伯特·梅斯默安静地坐在一个房间里。除了季节更迭他一无所觉。然后他死去。突然地。他至死练得娴熟了的生活方式阻止了他受人惦念。这

---

① 埃阿斯，希腊神话里特洛伊战争中的英雄。

是他的目的。他打着哈欠度过一天又一天。他不敢在白天睡觉。这让他感觉有如罪愆。他从来找不到责备另一个人的理由。

他看不够公共汽车里的脸孔。他相信他终于可以行驶了。虽然他在观望，梅斯默感到被接纳进了一个组织，一个协会。

他相信，他倾向于宁可喜欢人们而不要人们喜欢他。

梅斯默认为，当人有力气时，会将一切都遮盖起来。

我画了一条线，它成了一个圆。

风儿显得神秘。我无法认为它是不可译的。不管我望向哪里，那条线就合成圆，并且有个名字。

别绑住我的双脚。还会经常讲起此事。傍晚，希望早就得到了一个主题。

屋里静悄悄的。桌上早就摆放着两个马克。雨声淅淅沥沥，好像它要唤醒谁似的。我们有可能是死了。电话不会再响。就像现在一样。

我想以无害的方式做我的工作。尽量没有损害，如今这将是我的骄傲。

消耗我的眼睛。不告诉任何人，我撞到了虚无。做一个不吓唬任何人的个体。避开孩子们。

他最想去照顾动物，最好是长生不死的动物。他还得驯养它们。那些前程无量的尝试开始了。

我们立即出发,让布洛克街钻进我们宠爱的痛苦。告别是习惯性的。可如果风还醒过来,耗尽的额头冷却,告别就有了生命。

我们穿行在灰蒙蒙的日子里,大地的黑斑飞掠而过。雪会融而为一。我想要一种适宜传送的安宁。

梅斯默想,待我戴上帽子,我就是我了。

朱刘华　译

瓦尔泽与他的小说《惊马奔逃》

在德国战后文学史上，马丁·瓦尔泽与海因里希·伯尔、君特·格拉斯、西格弗里德·伦茨，毫无疑问是最重要的四位作家。

马丁·瓦尔泽（Martin Walser）于一九二七年三月二十四日生于德国南部与瑞士和奥地利交界的博登湖畔的瓦塞堡，十一岁时父亲去世，他很小的时候就开始在母亲的餐馆里帮工。一九四四年应征入伍，一九四六至一九五一年在雷根斯堡和蒂宾根大学攻读文学、历史和哲学。一九五一年以研究奥地利作家卡夫卡的论文获博士学位。其后，在斯图加特任南德意志电台、电视台导演。一九五七年成为职业作家，定居在博登湖畔的努斯多夫。博登湖风景如画，不仅为作家提供了良好的创作环境，而且给予作家丰富的创作素材，他的许多作品均以这里的生活为背景。瓦尔泽多次短期到美国和英国的大学讲学，讲授德国文学和创作课程。他是德国"四七社"成员、国际笔会德国中心理事、柏林艺术科学院院士、德意志语言文学科学院院士。瓦尔泽曾获多种文学奖,其中有"四七社"奖(1955)、黑塞奖(1957)、霍普特曼奖(1962)、席勒促进奖(1965、1980)、毕希纳奖(1981)、荷尔德林奖(1996)、德国书业和平奖(1998)、阿勒曼尼文学奖(2002)、坎佩奖(2002)、科尼讷文学奖(2008)等。

  瓦尔泽是一位主要以现实主义方法进行创作的作家,擅长描写人物的内心世界,往往通过人物的自我内省反映社会生活的变迁。他主要的文学成就在小说和戏剧方面,此外,他还从事诗歌、评论、小品文、广播剧、电视剧的创作。迄今为止,瓦尔泽已出版了二十多部长篇和中篇小说,重要的有《菲利普斯堡的婚事》(1957)、《间歇》(1960)、《独角兽》(1966)、《爱情的彼岸》(1976)、《惊马奔逃》(1978)、《天鹅之屋》(1980)、《激浪》(1985)、《多尔勒和沃尔夫》(1987)、《狩猎》(1988)、《童年的抵抗》(1991)、《没有彼此》(1993)、《芬克的战争》(1996)、《迸涌的流泉》(1998)、《爱情的履历》(2001)、《批评家之死》(2002)、《爱的瞬间》(2004)、《恐惧之花》(2006)、《恋爱中的男人》(2008)、《宝贝儿子》(2011)、《第十三章》(2012)等。

  瓦尔泽的小说主要反映德国的现实生活,主人公大多是中下层知识分子,作者揭示他们寻找个人幸福以及在事业上的奋斗，侧重于描写人物的精神生活和感情纠葛。瓦尔泽重视文学的社会功能，认为文学创作应该参与推进社会的进步，使其更加民主。他一方面坚持现实主义的创作方法，一方面吸取现代派的手法和技巧，尤其推崇普鲁斯特。他的作品长于心理分析，以借喻、讥讽、注重细节描写见长，充满浓郁的乡土气息。瓦尔泽被誉为"驾驭语言的能手"（德国著名文学评论家马塞尔·莱希-拉尼茨基语），他的小说被称作优美的散文作品。在叙述中插入对话是他的小说的一个特色，这些对话不加引号，读者必须细心阅读方能辨出说话者。瓦尔泽称自己是古代阿雷曼人的后裔，因此他的作品中常有方言出现。他的不少小说在情节上虽然并无上下承接关系，但是一个主人公常常出现在几本书里，如《间歇》(1960)、《独角兽》(1966)和《堕落》(1973)中的昂塞姆·克里斯特莱因，《爱情的彼岸》(1976)和《致洛尔特·李斯特的信》(1982)中的弗兰茨·霍恩，《惊马奔逃》(1978)和《激浪》(1985)中的赫尔穆特·哈尔姆，《天鹅之屋》(1980)和《狩猎》(1988)里的房地产商格特利布·齐日姆。因此也有人将它们称作三部曲或姐妹篇。六十年代初，在《菲利普斯堡的婚事》(1957)和《间歇》(1960)等小说获得成功之后，瓦尔泽又开始创作剧本。他的剧作多以政治、历史题材为内容，他善于运用布莱希特叙事剧的表现手法，描写静态的现实和难以改变的状况,剧本的基调是嘲讽和悲伤的。在一些剧本中,他用超现实主义和一些怪诞的手法批评社会制度,并再现了当代社会人与人之间的关系和冲突。他的重要剧作有:《橡树和安哥拉兔》(1962)、《比真人高大的克罗特先生》(1964)、《黑天鹅》(1964)、《母猪游戏》(1975)、《在歌德的手中》(1982)、《耳光》(1986)等。

《惊马奔逃》(*Ein fliehendes Pferd*)这部小说是作家在一九七七年夏天仅用了两个星期完成的,是一部反映"人到中年人生危机"的作品。小说的情节非常简单:中学和大学时代的同窗好友赫尔穆特·哈尔姆和克劳斯·布赫,分别与妻子在博登湖畔度假,两对夫妇偶然相遇。他们回忆起过去的美好时光,不胜感慨,昔日的优等生赫尔穆特,如今成绩平平,而当年的调皮鬼克劳斯,今天则已功成名就。克劳斯在林中勇拦惊马的壮举,赢得了赫尔穆特的由衷钦佩。湖上泛舟时,克劳斯敞开心扉,向赫尔穆特倾吐了苦闷遁世的心态,作为事业上的成功者,他日感精力不济,为自己的社会地位感到忧虑,更担心失去年轻漂亮的妻子。谈话当口儿,湖上骤起风暴,赫尔穆特失手松开了船舵。舵柄将克劳斯打入波涛汹涌的博登湖。赫尔穆特死里逃生,向克劳斯的妻子报丧。谁知克劳斯的妻子在悲痛之余又向赫尔穆特夫妇叙述了内心苦闷,并庆幸自己终于摆脱了克劳斯的羁绊。突然,克劳斯出现在他们面前，他听到了妻子讲述的一切，备感羞愧。两位故友经过几天的交往，彼此似乎都有了新的了解，两人无言以对。假期结束了，这两对夫妇分别离开了博登湖畔，返回各自的城市。全书的结尾是一句与小说的开头完全相同的话，作者似乎在暗示：一切依然照旧，他们的生活又将从头开始。

《惊马奔逃》一书在一九七八年春出版之后在联邦德国文坛引起轰动，它不仅跻入当年十大畅销书之列，而且获得评论界几乎众口一词的赞扬。莱希-拉尼茨基在联邦德国最有影响的日报《法兰克福汇报》文学版上发表文章，他写道："我认为，马丁·瓦尔泽的中篇小说《惊马奔逃》是他最成熟、最出色的书。这个描写两对夫妇的故事是这些年来德语散文的一部杰作。"瓦尔泽本人对这部小说也非常得意，他曾独自或与人合作将小说分别改编成剧本（1985年7月19日梅尔斯堡海默勒工厂小剧场首演，乌尔利希·库翁导演）、广播剧（1986年3月17日巴伐利亚电台首播）和电视剧（1986年3月26日电视一台首播，彼得·波瓦斯导演）。

《惊马奔逃》是一部中篇小说（Novelle），一般来说，德国的Novelle，都是写一件非同寻常的事件（unerhörte Begebenheit），篇幅介于短篇小说和长篇小说之间。一八七〇年，德国作家保尔·海泽提出德国中篇小说Novelle的鹰理论。

按此理论，在中篇小说里要有一个动物，它在小说的情节转折上起着重要作用，既突出本篇，使之有别于其他小说，而且又对全篇小说起着画龙点睛的作用。作者声称，他"在这部小说里几乎完全按此理论行事"，《惊马奔逃》中的翻船落水自然是一件非同寻常的事件，而惊马则是画龙点睛的"鹰"。

小说的篇名得自于作者女儿的一幅画。当时，瓦尔泽刚刚写完这本书的初稿，偶尔在女儿那里发现了一幅画马的水彩画，他很喜欢这幅画。他想，书中有一处描写了一片广阔无边的大森林，不妨让一匹马在林中飞奔。于是就补写了惊马奔逃和克劳斯拦住惊马的场面。他想通过惊马来表示一种与周围环境不相融的含义。"这是一个受环境影响、使神经失去本性的比喻，我把它作为主题，并扩充了内容，所以我选了这个书名，我也比较喜欢这个书名。"（瓦尔泽语）《惊马奔逃》与作家的生活关系密切，故事发生的地点是他熟悉的博登湖畔，书中主人公哈尔姆身上有许多作家本人的痕迹，而克劳斯则是以作家大女儿的男朋友为主要原型。

《惊马奔逃》的中文译本最早发表在《世界文学》一九九〇年第三期，当时笔者负责选编"马丁·瓦尔泽专辑"，刊登了他的两部代表性作品：中篇小说《惊马奔逃》和剧本《橡树和安哥拉兔》。瓦尔泽先生获悉笔者在选编"专辑"之后，特意寄来了他刚刚出版的并有他亲笔签名的文集《神圣的碎片》(*Heilige Brocken*, 1988)，书中收集了作家一九七二年至一九八六年的部分散文和诗歌，因此，"马丁·瓦尔泽专辑"里也同时发表了几首诗歌的中文译文。其实，诗歌并非马丁·瓦尔泽擅长的文学样式，其数量在他的作品中也仅占很小的比重，它们大多散见于期刊、多人诗选和作家本人的文选中。特别值得一提的是，瓦尔泽先生以及联邦德国苏尔坎普出版社当年为"专辑"的发表不仅免费提供版权，而且予以资助，瓦尔泽先生还专门撰写《致中国读者》一文，他亲笔手写的德文信和中文译文同时发表在"专辑"的最前面。《惊马奔逃》的译者李柳明和郑华汉，当年刚从德国进修归国，他们在德国期间曾经采访过瓦尔泽先生，因此不仅承担了翻译工作，而且将采访录音整理出来，摘要以《博登湖畔一席谈》为题发表在同期《世界文学》。这一期《世界文学》的封面是由前主编高莽根据瓦尔泽的照片以传统中国画技法为其"造像"，或许由于使用的照片较旧，许多德国作家都认为更像另一位德国作家阿尔弗雷德·安德森；刊登在文中作家小传里的钢笔素描肖像，是高莽按照作家寄来的签名近照所作，可以说是惟妙惟肖。封二上还刊登了那幅让《惊马奔逃》这部小说得以冠名的奔马水彩画。

《惊马奔逃》是第一部在中国大陆正式获得授权出版的中

文版瓦尔泽作品,此后的二十多年里,瓦尔泽的《在水一方》、《批评家之死》(2004)、《迸涌的流泉》(2004)、《菲利普斯堡的婚事》(2008)、《恋爱中的男人》(2009)等重要作品被陆续翻译成中文出版。

二〇〇八年十月,年逾八旬的瓦尔泽和夫人首次访问中国。瓦尔泽与中国作家莫言的对谈,无疑是中德文坛最高级别的交流。为了这次对谈,瓦尔泽认真阅读了莫言的《红高粱》和《天堂蒜薹之歌》等作品,不仅给予莫言很高的赞扬,而且多次在德国媒体大加推荐莫言的作品。二〇〇九年,瓦尔泽的《恋爱中的男人》荣获了中国北京人民文学出版社与中国外国文学学会联合主办的"二十一世纪年度最佳外国小说·微山湖奖"。颁奖之际,瓦尔泽再次来到北京,时任中国出版集团总裁的聂震宁与作家莫言为瓦尔泽颁发了"微山湖奖"。

德国书业协会一九九八年在向瓦尔泽颁发德国书业和平奖的颁奖词中有这么一段话:"瓦尔泽以他的作品描写和阐释了二十世纪下半叶的德国现实生活,他的小说和随笔向德国人展现了自己的祖国,向世界展现了德国,让德国人更了解祖国,让世界更了解德国。"把更多的瓦尔泽的书译介到中国,让中国读者有机会深入了解这位通过自己的文学作品向世人展示德国现实生活的伟大作家,是笔者孜孜追求的目标。笔者当年有幸成为《惊马奔逃》中文译本的责任编辑，一九九〇年来到德国之后，曾经多次见到作者本人，并且荣幸地成为瓦尔泽作品的中文版权代理人，为让广大的中文读者读到瓦尔泽的作品尽了绵薄之力。近几年，已近耄耋之年的瓦尔泽仍然笔耕不辍，几乎每年都有新作问世。《宝贝儿子》《第十三章》等最新的长篇小说目前正在翻译之中，不久即可与中国读者见面，瓦尔泽这位文学大师一定会给读者们带来新的精彩。

蔡鸿君

二〇一三年五月三十日于德国小镇尼德多夫